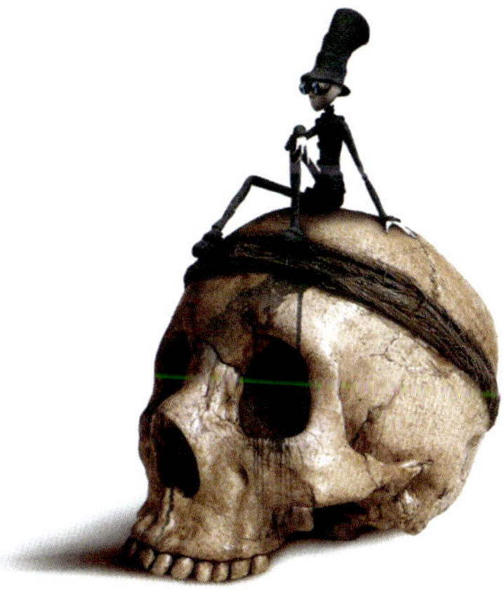

STEAMPUNK POE

Edgar Allan Poe

Sete contos e o poema "O corvo"

Ilustrado por Zdenko Basic e Manuel Sumberac

Traduzido por Luciano Vieira Machado

iD editora

Coordenação editorial – Lenice Bueno da Silva
Assistente editorial – Patrícia Capano Sanchez
Tradução – Luciano Vieira Machado
Preparação de originais – Mário Vilela
Revisão – Leila dos Santos
Design de capa e miolo – Frances J. Soo Ping Chow
Coordenação de edição de arte – Camila Fiorenza
Diagramação – Cristina Uetake e Vitória Sousa
Coordenação de Bureau – Américo Jesus
Tratamento de imagens – Arleth Rodrigues
Pré-impressão – Alexandre Petreca, Everton L. de Oliveira Silva,
Hélio P. de Souza Filho e Marcio H. Kamoto
Impressão e acabamento – Corprint Gráfica e Editora Ltda.

Dados Internacionais de Catalogação na Publicação (CIP)
(Câmara Brasileira do Livro, SP, Brasil)

Poe, Edgar Allan, 1809-1849.
Steampunk Poe / Edgar Allan Poe ; ilustrado por Zdenko Basic e Manuel Sumberac ; traduzido por Luciano Vieira Machado. – São Paulo : Moderna, 2012.

Título original: Steampunk Poe
ISBN 978-85-16-08258-1

1. Contos norte-americanos I. Basic, Zdenko. II. Sumberac, Manuel. III. Título.

12-11255 CDD-813

Índices para catálogo sistemático:
1. Contos : Literatura norte-americana 813

Editora Moderna Ltda.
Rua Padre Adelino, 758, Belenzinho
03303-904 – São Paulo, SP
Vendas e atendimento: Tel.: (11) 2790-1300
Fax: (11) 2790-1501
www.editoraid.com.br
Impresso no Brasil, 2012

DE ACORDO COM AS NOVAS NORMAS ORTOGRÁFICAS

SUMÁRIO

Introdução

Como o gênero *steampunk* não existia quando Edgar Allan Poe estava escrevendo suas magistrais e opressivas histórias de mistério e de terror, vocês devem estar se perguntando por que se reúnem neste livro esse autor e esse gênero. Os maiores escritores, porém, criam obras que transcendem sua época, fazendo com que cada nova geração de leitores os redescubra. E Edgar Allan Poe é nada mais, nada menos, que um dos maiores escritores americanos.

No entanto, para entender a grande afinidade entre Edgar e o gênero *steampunk*, talvez seja útil saber um pouco sobre o próprio Edgar — e o que o inspirou a escrever do modo que o fez.

Edgar Poe nasceu em 19 de janeiro de 1809, em Boston, no estado de Massachusetts. Seus primeiros anos de vida estão tão envoltos em mistério e sofrimento quanto o que se vê na tessitura de suas obras. Não muito depois do nascimento de Edgar, o pai abandonou a família; a mãe do menino morreu pouco depois. John e Frances Allan, de uma família abastada de Richmond, na Virgínia, passaram a cuidar de Edgar; embora não o tenham adotado formalmente, o sobrenome deles incorporou-se ao do menino, dando origem a um nome que conquistaria lugar no panteão dos grandes escritores americanos.

Edgar teve uma relação tumultuosa com o pai adotivo, mas isso não interferiu nos planos de John para a educação de Edgar, os quais compreendiam um

internato na Inglaterra e a matrícula na recém-criada Universidade da Virgínia. Não obstante, Edgar logo foi expulso por comportamento indecoroso, como o alcoolismo e o jogo, o que resultou numa cisão ainda maior com John. Frances morreu em 1829, deixando Edgar novamente sem cuidados maternos. Para satisfazerem o desejo que ela expressara no leito de morte, Edgard e John tentaram uma reconciliação, que pouco durou. Mas, apesar dos rancores que havia entre os dois, Edgar nunca rejeitou o "Allan" de seu nome — mesmo depois que John terminou por deserdá-lo.

Ainda muito jovem, resolvido a tentar fortuna como escritor, Edgar voltou para a cidade natal, onde, com apenas dezoito anos de idade, publicou *Tamerlão* (*Tamerlane*), sua primeira coletânea de poemas. Embora aqueles versos tenham sido atribuídos a "um bostoniano", Edgar com certeza ficou desapontado quando esse seu primeiro trabalho publicado passou praticamente despercebido. Um período no Exército, seguido da matrícula na Academia Militar de West Point, no estado de Nova York, teve desfecho semelhante ao de sua estada na Universidade da Virgínia.

Apesar disso, Edgar persistiu em publicar seus trabalhos. Em 1835, aos 26 anos de idade, casou-se com sua prima Virginia Clem, de treze anos, e mudou-se para Fordham, também no estado de Nova York. Lá Edgar criou fama não como autor de obras originais, mas como arguto crítico literário, o que lhe valeu muitos inimigos entre seus contemporâneos. Mesmo assim, Edgar, com férrea determinação, continuou a escrever dezenas de contos e poemas

que exploravam seu fascínio pelos mistérios, pelos enigmas, pela morte e pelo macabro. Após a morte de Virginia, em 1847, os poemas de Edgar tenderam a se deixar dominar pelo tema recorrente da morte de uma bela jovem — reflexo, talvez, das tragédias pessoais do próprio autor: a morte da mãe, da mãe adotiva e da amada esposa. Edgar era respeitado e admirado pelos amigos e por muitos luminares do mundo literário, apesar da frequência com que pedia ajuda financeira para quitar dívidas e evitar a ruína.

A própria morte de Poe, aos quarenta anos, está envolta num mistério que talvez só um grande detetive ficcional, C. Auguste Dupin, pudesse decifrar. Em 3 de outubro de 1849, Edgar foi encontrado coberto de sujeira, doente, em estado de confusão mental — e, coisa bastante estranha, trajando roupas que não lhe pertenciam. Embora hospitalizado de imediato, não chegou a se recuperar e não foi capaz de explicar as estranhas circunstâncias que o levaram a estado tão lamentável. Após sua morte, circularam várias hipóteses que procuravam explicar as causas dela, apontando o cólera, a tuberculose, o alcoolismo e até a hidrofobia. Hoje se sabe que Rufus Wilmot Giswold, um de seus maiores e mais raivosos inimigos literários, trabalhou incansavelmente depois da morte de Edgar para desacreditá-lo, espalhando boatos de que ele teria morrido devido à dependência de drogas e escrevendo um obituário cheio de ódio e uma biografia recheada de mentiras deslavadas.

Tantos anos depois que Edgar deixou este mundo, o que restou de mais importante foi seu legado literário: poemas e contos que ainda causam

arrepios com suas descrições aterradoras e reviravoltas chocantes, tudo isso destilado numa escolha vocabular sugestiva que tem deliciado sucessivas gerações de leitores. Ele criou a história policial (principiando por "Os assassinatos da rua Morgue", "O mistério de Marie Rogêt" e "A carta roubada"), e muitos gêneros beneficiam-se extensamente do inigualável talento de Edgar. O gênero *steampunk*, que agora goza de imensa popularidade, ainda esperaria décadas para ser inventado; não obstante, é evidente o quanto deve a muitos dos contos e poemas de Poe. Desde o interesse de Edgar pelos avanços tecnológicos como os balões de ar quente, em "O embuste do balão", até suas minuciosas descrições de arquiteturas de ornamentação carregada, rebuscada, com estilo dado a excessos, como em "A queda da Casa de Usher", "Os óculos" e "A máscara da Morte Rubra" — os muitos encantos do *steampunk* também servem como chancela de seus escritos. E, sem dúvida alguma, a abundante galeria de assassinos e loucos dá ensejo para explorar alguns componentes mais sombrios e perturbadores do movimento *steampunk*. Malgrado todas as lacunas e silêncios enigmáticos sobre a vida e a morte de Edgar Allan Poe que jazem enterrados com ele num túmulo no cemitério presbiteriano Westminster Hall, em Baltimore, Maryland, o *corpus* das obras do escritor continua a falar por si mesmo.

I. CONTOS

A máscara da Morte Rubra

A "Morte Rubra" devastava o país. Até então, nenhuma pestilência tinha sido tão fatal nem tão horrenda. O sangue era seu avatar e sua marca — a vermelhidão e o horror do sangue. Havia dores lancinantes, vertigens súbitas e profusos sangramentos pelos poros, seguindo-se a decomposição. As manchas escarlates por todo o corpo, e especialmente no rosto, eram a marca da proscrição que excluía da ajuda e da solidariedade de seus semelhantes as vítimas. E todo o processo de contágio, desenvolvimento e desfecho da moléstia era coisa de meia hora.

Mas o príncipe Próspero mostrava-se feliz, destemido e sagaz. Quando metade de seus domínios já estava despovoada, convocou à sua presença um milhar de saudáveis e alegres amigos entre os cavaleiros e damas de sua corte e, com eles, recolheu-se ao profundo isolamento de um de seus mosteiros acastelados.

O mosteiro era uma vasta e magnífica construção, produto do gosto excêntrico, mas sublime, do próprio príncipe. Uma forte e elevada muralha o circundava. Essa muralha tinha portões de ferro. Depois que entraram no mosteiro, os cortesãos levaram braseiros e pesados martelos e soldaram os ferrolhos à estrutura dos portões. Eles resolveram bloquear todas as vias de acesso e eliminar qualquer possibilidade de evasão que fosse motivada por repentinos acessos de desespero nas dependências do edifício. O mosteiro estava muito bem abastecido de víveres. Com tais precauções, os cortesãos estariam prontos para enfrentar o perigo de contágio. O mundo exterior que cuidasse de si mesmo. Nesse meio-tempo, seria tolice preocupar-se ou pensar. O príncipe providenciara todos os meios de diversão. Havia bufões, improvisadores, dançarinos de balé, músicos; havia Beleza, havia vinho. Tudo isso, além de segurança, encontrava-se no interior do mosteiro. No exterior, a "Morte Rubra".

Quando já se chegava ao fim do quinto ou sexto mês de reclusão e a peste grassava ferozmente lá fora, o príncipe Próspero brindou seus mil amigos com um baile de máscaras de extraordinária magnificência.

A mascarada foi um verdadeiro espetáculo de voluptuosidade. Mas, antes, permitam-me falar das salas em que o espetáculo se desenrolou. Elas eram sete — uma suíte imperial. Em muitos palácios, porém, essas suítes oferecem um espaço amplo e contínuo, e as portas duplas se dobram, de ambos os lados, para junto das paredes, de forma que praticamente nada obstrui a visão de todo o ambiente. Mas ali as coisas eram muito diferentes, como seria de esperar do gosto do príncipe pelo bizarro. As câmaras eram dispostas de forma tão irregular que a visão abarcava pouco mais de uma delas ao mesmo tempo.

Havia uma curva acentuada a cada trinta metros, e a cada uma correspondia um efeito singular. À direita e à esquerda, no meio de cada parede, abria-se uma alta e estreita janela gótica com vista para um corredor fechado que repetia as mesmas curvas da suíte. Essas janelas tinham vitrais cuja cor variava de acordo com o matiz dominante na decoração da sala sobre a qual se abriam. A sala localizada no extremo norte, por exemplo, era decorada em azul, e suas janelas eram de um azul muito vivo. A segunda sala era púrpura, e eram também púrpura a mobília, a tapeçaria e os vitrais. A terceira era totalmente verde, inclusive os caixilhos. A quarta era mobiliada e iluminada num tom laranja; a quinta era branca; a sexta, violeta. A sétima sala era forrada, do teto às paredes, de um veludo preto que se deixava cair em pesados refolhos sobre o tapete, do mesmo material e da mesma cor. Nesse recinto, porém, a cor das janelas não era a mesma da decoração. Os vitrais eram escarlates — uma intensa cor de sangue. Em nenhuma das sete salas havia luz ou candelabro em meio à profusão de ornamentos de ouro dispostos por toda parte e pendentes do teto. Não havia luz vinda de lâmpada nem candelabro na sucessão de aposentos. Nos corredores que se estendiam para além da suíte, porém, via-se no lado oposto ao de cada janela um pesado trípode, com braseiro ardente, projetando seus raios sobre os vitrais com uma fulgurância que iluminava o recinto — produzindo uma multidão de imagens de cores berrantes e aspecto fantástico. Na sala mais a oeste, contudo — a sala negra —, a luz que banhava as cortinas escuras através dos vitrais era absolutamente aterradora e produzia efeito tão extravagante no rosto de quem lá entrava que muito poucos do grupo ousavam pôr os pés em seu interior.

Também nessa sala se via, junto à parede oeste, um gigantesco relógio de ébano. Seu pêndulo balançava para lá e para cá com um ruído sinistro, pesado e monótono; e, quando o ponteiro dos minutos completava o giro do mostrador, chegando o momento de dar horas, vinha de dentro dos brônzeos pulmões do relógio um som claro, alto, profundo e extraordinariamente musical, mas com uma nota e uma ênfase tão peculiares que, a cada intervalo de uma hora, os músicos da orquestra tinham de fazer uma breve pausa em sua apresentação para escutar. Com isso, os valsistas se viam forçados a interromper suas evoluções, o que provocava momentânea perturbação em toda a alegre companhia; e então, enquanto o repique do relógio ainda ecoava, notava-se que os mais impressionáveis empalideciam e os mais idosos e graves passavam a mão na fronte, como se mergulhados em confuso delírio ou meditação. Quando, porém, os ecos se extinguiam por completo, um leve riso dominava todo o salão; os músicos se entreolhavam e sorriam, como que de seu próprio nervosismo e tolice, e eles, aos sussurros, garantiam uns aos outros que o próximo clangor do relógio não haveria de produzir tais emoções; e então, passados sessenta minutos (que encerram três mil e seiscentos segundos do tempo que voa), ouvia-se um novo clangor do relógio, e com ele a mesma perturbação, os mesmos tremores e os mesmos cismares de antes. Não obstante tudo isso, era uma festa alegre e

suntuosa. Os gostos do príncipe eram muito particulares. Ele tinha bom olho para cores e seus efeitos, e desdenhava os ornamentos inspirados em modismos efêmeros. Seus planos eram audaciosos e ardentes, e suas ideias tinham um fulgor bárbaro. Alguns o julgariam louco. Seus seguidores sabiam que ele não o era. Era preciso ouvi-lo, vê-lo e tocá-lo para ter *certeza* de que ele não o era.

Em grande parte, ele dirigira pessoalmente as reformas que visaram ao embelezamento das sete salas por ocasião da grande *fête;* e foi seu gosto que, para garantir que fossem grotescas, orientou a concepção das personagens encarnadas pelos participantes da mascarada. Havia muito resplendor, brilho, malícia e fantasia — muito do que posteriormente se viu em *Hernani* [1]. Viam-se figuras com trajes grotescos e acessórios extravagantes. Havia fantasias desvairadas, como se houvessem sido concebidas por um louco. Havia muito de beleza, muito de licenciosidade, muito de bizarro, um tanto de terrível e não pouco do que seria capaz de provocar repugnância. Na verdade, o que se via naquele entra e sai dos aposentos era uma verdadeira multidão de sonhos. E estes — os sonhos — saracoteavam, assumindo os matizes das salas em que se achavam e fazendo com que a desvairada música da orquestra parecesse o eco de seus passos. E, a certos intervalos, ouvem-se as batidas do relógio de ébano que se encontra no aposento de veludo. E então, por um instante, tudo mergulha em

[1] Drama teatral que o escritor francês Victor Hugo levou ao palco pela primeira vez em 1830 (12 anos antes da publicação de "A máscara da Morte Rubra"). *Hernani* é uma peça romântica ambientada na Idade Média e marcada por muitos elementos chamativos e extravagantes. (N.E.)

completo silêncio, excetuada a voz do relógio. Os sonhos se imobilizam nos lugares em que estão, assumindo uma rigidez cadavérica. Mas os ecos do carrilhão se desvanecem — não duraram mais que um breve instante —, e um leve e moderado riso paira no ar quando eles cessam por completo. E mais uma vez a música se avoluma, os sonhos se reanimam e saracoteiam, mais exultantes que nunca, assumindo os tons dos vários vitrais que coam a luz dos trípodes. Na sala mais a oeste, porém, nenhum dos mascarados agora ousa entrar, porque a noite segue sua marcha e, pelos vitrais cor de sangue, jorra uma luz de vermelho mais intenso, o negror das cortinas assusta e, aos ouvidos daquele que pisa o tapete negro, o repique do relógio de ébano ali próximo soa mais abafado e mais solene que aos daqueles que se comprazem nas mais longínquas alegrias e esplendores das outras salas.

Mas estas estavam apinhadas de gente, e nelas a vida palpitava febrilmente. E a festa seguiu animada até que o relógio começou enfim a bater a meia-noite. E então a música cessou, como eu já lhes dissera; os valsistas se imobilizaram, e, como antes, tudo se interrompeu. Mas agora o carrilhão do relógio tinha de bater doze vezes; e aconteceu que talvez, com um tempo mais dilatado, se tenham insinuado mais ideias nas meditações dos foliões mais cismarentos. E também que, antes de o eco da última batida do relógio ter-se perdido no silêncio, muitos indivíduos houvessem tido tempo de perceber a presença de uma figura mascarada que até então ninguém notara. E, como os sussurros sobre essa nova presença logo se espalharam, eles terminaram por despertar em todos os presentes um bulício ou murmúrio geral de desaprovação, de surpresa — e, finalmente, de terror, de horror e de asco.

Numa assembleia de seres fantasmagóricos como essa que descrevo, era de esperar que nenhuma figura estranha pudesse provocar tal reação. Na verdade, o desregramento da mascarada era quase ilimitado, mas a figura em questão, de tão extravagante, ultrapassava os limites do incerto decoro do próprio príncipe. Mesmo nos corações dos mais indiferentes, existem cordas sensíveis que não podem ser tocadas sem causar emoção. Mesmo nas almas irremediavelmente perdidas, para as quais a vida e a morte são mera galhofa, existem coisas que não podem ser motivo de deboche. Na verdade, todos os convivas agora pareciam ter a funda sensação de que, nos trajes e no comportamento do desconhecido, não havia o menor traço de humor nem de adequação. A figura era alta e esquelética, envolta da cabeça aos pés em vestes próprias para o túmulo. A máscara que lhe escondia o rosto semelhava de tal forma o rosto de um cadáver enrijecido, que mesmo o exame mais detido dificilmente descobriria onde se encontrava o artifício. Não obstante, tudo isso talvez pudesse ser tolerado, quando não aprovado, pelos loucos participantes da festa. Mas o farsante chegara ao cúmulo de assumir a forma da Morte Rubra. Sua roupa estava salpicada de *sangue* — e a ampla fronte, assim com todas as suas feições, trazia as marcas do horror escarlate.

Quando o olhar do príncipe Próspero caiu sobre aquela imagem espectral (que, com um lento e solene movimento, andava por entre os valsistas, como se

para realçar ainda mais o seu papel), notou-se que, num primeiro momento, ele ficou agitado, tomado de forte tremor de pânico ou de asco; no momento seguinte, porém, sua fronte enrubesceu de raiva.

— Quem se atreve?! — perguntou ele, asperamente, aos cortesãos à sua volta. — Quem se atreve a ofender-nos com essa zombaria indecente? Peguem-no e arranquem-lhe a máscara... assim saberemos quem vamos enforcar ao amanhecer, pendurando-o nas ameias!

Ao proferir essas palavras, o príncipe Próspero encontrava-se sala leste, de cor azul. Alto e bom som, elas atravessaram as sete salas, pois o príncipe era homem audaz e robusto e a música se interrompera a um aceno seu.

O príncipe estava na sala azul, acompanhado de um grupo de cortesãos lívidos. De início, enquanto ele falava, houve um débil movimento desse grupo em direção ao intruso, que naquela altura também estava já a pequena distância. Então, a passos descansados e altivos, o mascarado aproximou-se mais do homem que falava. Devido, porém, a certo medo de origem obscura que a arrogância do intruso inspirara em todos os presentes, ninguém se atreveu a agarrá-lo; assim, sem o menor embaraço, ele avançou até um metro de distância do príncipe e, enquanto a vasta assembleia, como num movimento único, recuava dos centros das salas para junto das paredes, ele prosseguia em seu avanço inelutável; com o mesmo passo descansado que logo o distinguira, atravessou a sala azul em direção à púrpura, passando em seguida da púrpura para a verde, da verde para a laranja, desta para a branca, e daí para a violeta, sem que se fizesse o menor movimento para detê-lo. Foi então que o príncipe Próspero, enlouquecido de raiva e de vergonha por sua momentânea covardia, atravessou celeremente as seis salas. Devido ao terror mortal que a todos avassalava, ele fez isso sem que ninguém o seguisse.

Levava na mão um punhal desembainhado e, num movimento impetuoso, já se pusera a cerca de um metro do mascarado, que se afastava, quando esse último, tendo chegado ao outro extremo da sala aveludada, voltou-se de repente e enfrentou seu perseguidor.

Ouviu-se um grito agudo — e o punhal caiu cintilando no tapete negro, sobre o qual, quase imediatamente, tombou prostrado e morto o príncipe Próspero.

Apelando então para a desvairada coragem do desespero, um grupo de convivas precipitou-se na sala negra e, agarrando o mascarado — cuja figura mantinha-se ereta e imóvel à sombra do relógio de ébano —, soltou um grito de inexprimível terror ao deparar com mortalhas e uma máscara mortuária, as quais eles manusearam com violenta brusquidão, vazias que estavam elas de qualquer forma tangível.

E assim se deram conta da presença da Morte Rubra. Ela chegara do modo mais furtivo. E, um após outro, os convivas foram tombando nos corredores ensanguentados do festim, e morreram na mesma desesperada posição em que tinham tombado. E a vida do relógio de ébano se esvaiu junto com a do último conviva. E as chamas dos trípodes se apagaram. E a Escuridão, a Ruína e a Morte Rubra reinaram absolutas sobre tudo aquilo.

O coração delator

É verdade — muito, muito, tremendamente nervoso eu estava e estou! Mas por que você vai dizer que estou louco? A doença, em vez de embotar os meus sentidos, aguçou-os. Mais que todos os outros, aguçou-se a minha audição. Como, então, posso estar louco? Ouça bem e observe com que sanidade — e com que calma! — consigo contar-lhe toda a história.

É impossível dizer como a ideia me surgiu no cérebro. Uma vez concebida, porém, ela me perseguiu dia e noite. Motivo, não havia nenhum. Raiva, não havia nenhuma. Eu gostava do velho. Ele nunca me tinha feito mal. Nunca me ofendeu. Eu não lhe cobiçava o ouro. Acho que foi o olho dele! Sim, foi isso! Um dos seus olhos era de abutre — de um azul descorado, com uma película por cima. Sempre que ele caía sobre mim, meu sangue gelava, e então, pouco a pouco — muito gradualmente —, resolvi tirar a vida do velho e me livrar do olho para sempre. E aí é que está a questão. Você pensa que estou louco. Loucos não sabem de nada. Mas você precisava me ver! Você precisava ver com que juízo eu agi — com que prudência, com que argúcia, com que dissimulação eu pus mãos à obra! Nunca me mostrei tão gentil e atencioso para com o velho como durante toda a semana antes de matá-lo. E toda noite, por volta da meia-noite, eu girava a maçaneta de sua porta e começava a abri-la... tão de mansinho! E então, quando a abertura já era bastante grande para enfiar a cabeça, eu introduzia no quarto uma lanterna toda coberta, tão coberta que dela não vazava nenhuma luz, e então enfiava a cabeça na abertura da porta. Ah, você com certeza riria se visse com que astúcia eu o fazia! Eu movia a cabeça devagar — muito, muito devagar, para não perturbar o sono do velho. Levava uma hora para passar toda a cabeça pela abertura para poder ver o velho deitado na cama. Ah-ah! Um louco daria mostras de tal esperteza? E então, quando minha cabeça inteira estava dentro do quarto, eu descobria a lanterna com muito, muito cuidado (pois as dobradiças rangiam), apenas o suficiente para que um único raio de luz incidisse sobre o olho de abutre. E fiz isso durante sete longas noites — sempre à meia-noite. Mas sempre dava com o olho fechado, e então me era impossível fazer o serviço; porque o que me incomodava não era o velho, mas o Olho Mau. E toda manhã, quando o dia raiava, eu entrava corajosamente no quarto, chamava-o amistosamente pelo nome e lhe perguntava como passara a noite. Por aí você vê que ele teria de ser um velho de fato muito sagaz para desconfiar que toda noite, exatamente à meia-noite, eu o observava enquanto dormia.

Na oitava noite, fui mais cauteloso do que nunca ao abrir a porta. Minha mão avançava mais devagar do que um ponteiro dos minutos. Nunca como naquela noite eu *senti* a magnitude de minha capacidade — de minha sagacidade. Mal conseguia reprimir minha sensação de triunfo. Pensar que lá estava eu, abrindo a porta pouco a pouco, e ele nem em sonhos imaginava meus atos nem meus pensamentos secretos. Ao pensar nisso, dei um risinho de leve, e talvez o velho me tenha ouvido, porque de repente se mexeu na cama, como se sobressaltado. Agora você vai pensar que recuei... mas não. O quarto estava escuro como breu (visto que as venezianas estavam muito bem fechadas, por medo de ladrões), e por isso eu sabia que ele não poderia ver a abertura da porta, e prossegui com firmeza, sem hesitações.

Com a cabeça já dentro do quarto, eu me preparava para descobrir a lanterna quando meu polegar deslizou no delgado fecho, e o velho se ergueu na cama, gritando:

— Quem está aí?

Fiquei bem quieto e não disse nada. Durante uma hora inteira, não movi um músculo sequer e não o ouvi tornar a deitar-se. Ele ainda estava sentado na cama, ouvidos atentos — exatamente como eu fiz, noite após noite, ouvidos atentos ao ruído que besouros agourentos faziam nas paredes.

Foi então que ouvi um leve gemido e percebi que se tratava de um gemido de terror mortal. Não era um gemido de dor nem de aflição — ah, não! — Era o som baixo e sufocado que se ergue do fundo da alma dominada pelo pavor. Eu conhecia muito bem aquele som. Muitas noites, exatamente à meia-noite, quando todo mundo dormia, ele saía de meu próprio peito, aprofundando, com seu eco medonho, os terrores que me enlouqueciam. É, eu conhecia bem o som.

Sabia o que o velho estava sentindo, sentia pena dele, embora no íntimo eu desse um risinho de satisfação. Eu sabia que ele ficara acordado desde o primeiro barulhinho, quando se mexeu na cama. A partir daquele momento, o medo foi tomando conta dele. O velho tentava se convencer de que não havia razão para isso, mas não conseguia. Repetia para si mesmo:

— É só o vento na chaminé; é só um rato andando no soalho.

Ou:

— Foi só o canto solitário de um grilo. — Sim, tentara acalmar-se com essas suposições, mas via que de nada adiantavam. *De nada adiantavam,* porque a Morte, acercando-se, se postara com sua negra sombra diante do velho, envolvendo sua vítima. E era a melancólica influência da sombra não percebida que o fazia *sentir* — embora sem que ele visse nem ouvisse — a presença de minha cabeça dentro do quarto.

Depois de ter esperado durante muito tempo, pacientemente, sem ouvi-lo tornar a se deitar, resolvi abrir um pouquinho — bem pouquinho, uma pequena fresta na lanterna. Então fui abrindo — você não imagina o quão furtivamente, mui furtivamente —, até que finalmente um único pálido raio de luz, como o fio de uma aranha, passou pela fresta, indo cair em cheio no olho de abutre.

Ele estava aberto — arregalado —, e fiquei furioso quando olhei e vi perfeitamente... um azul-fosco coberto por um horrendo véu que me gelava até os ossos, embora eu não conseguisse ver nada mais do rosto nem do resto do corpo do velho — porque, por instinto, eu dirigira o raio precisamente para aquele maldito ponto.

Eu já não disse que o que a gente toma por loucura é na verdade uma extrema acuidade? Ora, naquela altura me chegou aos ouvidos um som baixo, surdo e breve como o de um relógio de bolso embrulhado em tecido de algodão. Eu também conhecia muito bem *aquele* som. Era o bater do coração do velho. Aquilo aumentou minha raiva, da mesma forma que o som do tambor aumenta a coragem do soldado.

Mas mesmo então me contive e permaneci quieto, mal respirando. Eu mantinha a lanterna imóvel, fazendo todo o possível para que o raio continuasse incidindo sobre o olho. Nesse meio-tempo, o diabólico bater do coração se acelerava. Batia cada vez mais rápido e cada vez mais alto. O terror do velho era mesmo extraordinário! O coração batia cada vez mais alto — estou lhe dizendo, cada vez mais alto! Você está me ouvindo bem? Eu já lhe disse que estou nervoso e estou mesmo. E então, na calada da noite, em meio ao pavoroso silêncio da velha casa, aquele barulho tão estranho me inspirou um terror incontrolável. Não obstante, eu me contive por alguns instantes e fiquei quieto. Mas as batidas iam ficando cada vez mais altas, mais e mais! Pensei que o coração explodiria. E aí fui presa de uma nova ansiedade: o som poderia ser ouvido por algum vizinho! A hora do velho chegara! Soltei um grito, descobri toda a lanterna e pulei para dentro do quarto. Ele gritou uma vez, só uma vez. Num instante, arrastei-o para o chão e empurrei a pesada cama para cima dele. E sorri de alegria ao ver que fizera o que tinha de fazer. Mas, por muitos minutos ainda, o coração continuou batendo com um som abafado. Mesmo assim, aquilo não me afligiu; o som não seria ouvido através da parede. O ruído por fim cessou. O velho estava morto. Retirei a cama de cima dele e examinei o cadáver. Sim, estava morto e bem morto. Pus a mão sobre o coração e lá a mantive por muitos minutos. Ele não pulsava. O velho estava bem morto. Seu olho não me incomodaria mais.

Se você ainda pensa que estou louco, deixará de pensar assim quando eu descrever as sábias e cautelosas precauções que tomei para esconder o corpo. A noite avançava, e eu trabalhava depressa, mas em silêncio. Em primeiro lugar, desmembrei o cadáver. Cortei-lhe a cabeça, os braços e as pernas.

Em seguida retirei três pranchas do soalho do quarto e escondi o corpo desmembrado. Então recoloquei as pranchas tão habilmente que nenhum olho humano — nem mesmo o *dele* — teria percebido algo de errado. Não havia absolutamente nenhum tipo de mancha, nenhuma marca de sangue. Tive o maior cuidado quanto a isso. Limpei tudo muito direitinho... Ah-ah!

Quando terminei esse trabalho, eram quatro da manhã... ainda estava escuro como à meia-noite. Quando o relógio bateu as horas, bateram à porta da rua. Fui abrir despreocupado, pois... que tinha eu a temer *naquela altura?* Três homens entraram e se apresentaram, com toda a gentileza, como agentes da polícia. Um vizinho ouvira um grito durante a noite, supôs ter havido algum crime, a informação chegou à polícia, e eles (os policiais) receberam a incumbência de revistar o local.

Eu sorri, pois... que eu tinha a temer? Dei as boas-vindas àqueles senhores. O grito, expliquei-lhes, eu mesmo o dera quando estava sonhando.

Acrescentei que o velho não estava, viajara para o campo. Conduzi os visitantes por toda a casa. Recomendei-lhes que procurassem, e procurassem *bem*. Por fim, eu os conduzi ao quarto *dele*. Mostrei-lhes seus bens de valor, bem guardados, intactos. No entusiasmo de minha confiança, levei cadeiras para o quarto e lhes sugeri que ali, justamente ali, descansassem de suas lides, ao passo que eu próprio, inebriado com a louca audácia de meu perfeito triunfo, coloquei minha cadeira exatamente no lugar sob o qual repousava o corpo da vítima.

Os policiais se mostraram satisfeitos. Meu *comportamento* os convencera. Eu estava muitíssimo à vontade. Eles sentaram-se e, enquanto eu respondia a suas perguntas animadamente, falavam de coisas corriqueiras. Mas logo depois me senti empalidecer e desejei que fossem embora. Minha cabeça doía, e eu tinha a impressão de ouvir um ruído nos ouvidos — mas eles continuavam ali, sentados e conversando. O barulho se tornou mais distinto, cada vez mais distinto. Eu falava de forma mais livre para furtar-me àquela impressão, mas o barulho não cessava, ficou absolutamente claro, definido, até que por fim descobri que ele *não* estava em meus ouvidos.

Certamente eu agora estava *muito* pálido — embora falando com mais fluência e mais alto. Ainda assim o som aumentava... e o que podia eu fazer? Era um *som baixo, surdo e breve — muito parecido com o som de um relógio de bolso embrulhado em tecido de algodão*. Tomei um hausto de ar para recuperar o fôlego — mas os policiais continuavam sem ouvir nada. Passei a falar mais rápido, de forma mais enfática; o barulho, entretanto, não parava de aumentar. Levantei-me e comecei a falar de ninharias, exaltado, gesticulando violentamente, mas o barulho continuava aumentando. Por que eles não iam embora?! Fiquei a andar de um lado para outro, a passos pesados, no soalho, como se levado à fúria pelos comentários dos homens... mas o barulho não parava de aumentar. Oh, Deus! O que eu podia fazer?! Eu espumava, me exaltava, praguejava! Sacudi a cadeira em que estivera sentado, arrastei-a sobre as pranchas de madeira, mas o barulho aumentava e aumentava continuamente — cada vez mais alto, *mais alto!* E mesmo assim os homens conversavam, prazenteiros, e sorriam. Seria possível que não estivessem ouvindo? Ó Deus todo-poderoso! — não, não! Eles estavam ouvindo! Eles desconfiavam! Eles *sabiam!* Estavam zombando do meu pavor! Foi isso o que pensei e penso. Mas qualquer coisa era melhor do que aquela agonia! Qualquer coisa era mais tolerável do que aquela derrisão! Eu já não conseguia suportar aqueles sorrisos hipócritas! Senti que morreria se não gritasse! E então — mais uma vez — ouçam: mais alto! Mais alto! *Mais alto!*

— Canalhas — gritei, histericamente. — Parem de fingir! Eu confesso o crime! Retirem as pranchas! Aqui, aqui — são as batidas do horrendo coração do velho!

A queda da Casa de Usher

Son cœur est un luth suspendu;
Sitôt qu'on le touche il résonne.[2]
— De Béranger

Durante todo um tedioso, sombrio e silencioso dia de outono daquele ano, quando as nuvens pairavam de modo opressivo a baixa altura, andei a cavalo, percorrendo uma região campestre singularmente lúgubre, e terminei por me encontrar, às primeiras sombras do anoitecer, num ponto em que podia avistar a melancólica Casa de Usher. Não sei como a coisa se passou, mas, ao primeiro olhar que lancei para o edifício, eu me senti dominado por uma impressão de profundo e insuportável abatimento; digo insuportável porque o sentimento não comportava nem a mínima sensação medianamente agradável, pelo que tal sensação contém de poético, com que a mente costuma

[2] "Seu coração é um alaúde suspenso; / Quando o tocamos, ele ressoa." (N.T.)

reagir mesmo às mais aversivas imagens naturais da desolação e do medonho. Contemplei a cena diante de mim — apenas a casa e a paisagem simples da propriedade, as paredes frias, algumas fileiras de junquilhos, alguns troncos brancos de árvores caídas — com uma funda depressão de espírito que só posso comparar, dentre todas as de que podemos experimentar, à que sentimos ao sair do entorpecimento causado pelo ópio — a queda brusca e amarga na realidade cotidiana, a hedionda queda do véu. Meu coração gelava, doente e opresso, presa de uma melancolia irremediável que nenhum estímulo da imaginação poderia transformar em algo de sublime. O que me enervava tanto — parei para pensar — na contemplação da Casa de Usher? O mistério era absolutamente insolúvel, e tampouco conseguia me desvencilhar dos pensamentos sombrios e extravagantes que me avassalavam enquanto eu refletia. Cheguei por força à insatisfatória conclusão de que, embora decerto existam combinações de objetos naturais muito simples que têm o poder de nos afetar, a análise desse poder está fora do alcance de nossa especulação. Era possível, refleti eu, que um mero rearranjo dos elementos da cena, de detalhes da imagem, bastasse para modificar, ou quem sabe eliminar, o sentimento de aflição; com esse pensamento, conduzi meu cavalo às margens escarpadas de um negro e lúgubre lago que jazia imóvel, com a superfície absolutamente lisa, próximo à casa; olhei para baixo e contemplei — com um arrepio ainda mais perturbador — as imagens invertidas e alteradas dos junquilhos cinzentos, dos desagradáveis troncos de árvore e das janelas que pareciam olhos mortiços.

Não obstante, eu me propunha a passar algumas semanas naquela mansão desolada. Seu proprietário, Roderick Usher, fora um de meus bons amigos da meninice, mas já se tinham passado muitos anos desde nosso último encontro. Ainda assim, chegara até mim, numa longínqua região do país, uma carta dele, a qual, em sua feroz impertinência, não admitia senão uma resposta dada pessoalmente. A letra em que estava escrita denunciava forte agitação nervosa. O remetente falava de uma aguda enfermidade física, de uma desordem mental que o afligia e do ardente desejo de me ver, dado que eu era seu melhor e, para dizer a verdade, seu único amigo pessoal, na esperança de, pelo contentamento que minha companhia lhe poderia proporcionar, alcançar algum alívio para sua moléstia. A maneira com que tudo isso, e muito mais, foi expresso — e o modo enfático com que fazia o pedido — não dava margem a nenhuma hesitação de minha parte; assim sendo, atendi prontamente àquilo que eu ainda considerava um pedido muito estranho.

Embora tivéssemos sido companheiros inseparáveis quando meninos, eu na verdade sabia muito pouco sobre meu amigo. Ele sempre fora extremamente reservado. Eu estava ciente, porém, de que sua antiquíssima família se fizera notar, desde tempos muito remotos, por uma especial sensibilidade de temperamento, distinguindo-se, ao longo de muitas épocas, em razão de obras elevadas. Nos últimos tempos, essa distinção manifestava-se em frequentes atos de caridade generosa, embora discretos, e num apaixonado devotamento às complexidades, talvez ainda mais do que às belezas ortodoxas e facilmente reconhecíveis, da ciência

musical. Eu tomara conhecimento, também, do fato notável de que o tronco da raça dos Usher, apesar de consagrado pelo tempo, nunca produzira nenhum ramo duradouro; em outras palavras, toda a família provinha de uma linhagem única e sempre se mantivera assim, com pequenas e insignificantes variações. Foi essa deficiência — pensei comigo mesmo enquanto recapitulava mentalmente a perfeita sintonia do caráter do edifício com o caráter que se atribuía aos membros da família, ao mesmo tempo que especulava sobre a possível influência que, no lento decorrer dos séculos, o caráter do edifício podia ter exercido sobre o da família — foi essa deficiência, talvez, provinda de uma fonte comum, e a consequente transmissão direta, de pai para filho, do patrimônio e do nome, o que terminou por confundir a ambos na peculiar e equivocada denominação "Casa de Usher" — nome que parecia abarcar, nas mentes dos camponeses que o usavam, tanto a família quanto a mansão.

Eu já disse que o único efeito de minha experiência um tanto pueril — a de olhar para dentro do lago — foi aprofundar ainda mais a primeira e estranha impressão. Não pode haver dúvida de que a consciência da rápida intensificação de meu pensamento supersticioso — de que outra forma eu poderia classificar aquele sentimento? — serviu sobretudo para acelerá-lo e incrementá-lo. Tal é, como há muito descobri, a lei paradoxal de todos os sentimentos baseados no terror. E talvez tenha sido a única razão pela qual, quando tornei a erguer os olhos da imagem refletida no lago e fitei a própria casa, me tenha vindo à mente uma ideia tão ridícula que só a menciono aqui para mostrar a força impetuosa das sensações que me oprimiam. Minha imaginação trabalhara de tal forma que senti pairar sobre toda a mansão e seus domínios uma atmosfera muito própria deles e de suas cercanias — uma atmosfera que nada tinha a ver com o ar do céu, mas que emanava das árvores caídas, das paredes cinzentas e do lago silencioso — um vapor pestilento e misterioso, baço, vagaroso e lasso, quase imperceptível, da cor do chumbo.

Afastando de meu espírito o que só podia ser um sonho, observei mais atentamente o verdadeiro aspecto do edifício. Seu traço distintivo mais importante parecia ser a excessiva vetustez. O descoramento devido à passagem do tempo fora muito grande. Fungos minúsculos cobriam toda a parte externa e pendiam dos beirais numa teia finamente entretecida. Não obstante, tudo isso se dava paralelamente a uma extraordinária devastação. Nenhuma parte da construção desabara, e parecia haver tremenda desconexão entre a perfeita harmonia de suas partes e o estado de ruína de cada pedra tomada isoladamente. Ali havia muitos elementos que me faziam lembrar a inteireza enganadoramente bela de um trabalho de madeira que, ao longo dos anos, se foi deteriorando em alguma cripta esquecida e abandonada, sem sofrer a ação deletéria do ar exterior. Afora esses sinais de vasta decadência, porém, a estrutura do edifício dava poucos sinais de instabilidade. Talvez um olhar mais atento e perspicaz enxergasse uma fissura dificilmente perceptível, a qual, principiando no teto do edifício, estendia-se em zigue-zague pela parede, terminando por se perder nas águas sombrias do lago.

Observando tudo aquilo, cavalguei por uma estradinha em direção à casa. Um criado pegou meu cavalo, e adentrei o saguão, passando pelas arcadas. Dali um criado, andando a passos furtivos, me conduziu em silêncio através de escuros e tortuosos corredores em direção ao estúdio de seu senhor. Muito do que encontrei no caminho contribuiu, não sei como, para intensificar os vagos sentimentos de que já falei. Embora os objetos à minha volta — os entalhes do teto, as sombrias tapeçarias das paredes, o negro de ébano dos soalhos e os fantasmagóricos troféus armoriais que retiniam enquanto eu avançava a passos largos — não passassem de coisas que me eram familiares desde a infância, embora eu não hesitasse em reconhecer quanto tudo aquilo me era familiar, eu me surpreendia ao perceber quão estranhas eram as fantasias despertadas em minha mente por aquelas imagens familiares. Numa das escadarias, encontrei o médico da família. E seu semblante, pensei, traía um misto de astúcia e perplexidade. Ele me fez uma saudação brusca e passou ao largo. O criado então abriu uma porta e me levou à presença de seu senhor.

A peça onde me encontrei era muito ampla e alta. As janelas eram longilíneas, estreitas, ogivais — e estavam a tão grande distância do soalho de carvalho negro que ficavam fora de alcance de quem se encontrasse no interior do aposento. Fracos raios de luz avermelhada coavam-se através de vidraças guarnecidas de treliças, criando uma luminosidade suficiente para tornar mais distintos os objetos que mais sobressaíam no ambiente; não obstante, a vista em vão se esforçava por enxergar os cantos mais distantes do aposento e os recessos do teto côncavo e ornamentado. Sombrias tapeçarias cobriam as paredes. O mobiliário era profuso, desconfortável, antiquado e deteriorado. Espalhados pela peça, havia muitos livros e instrumentos musicais, que, entretanto, em nada contribuíam para dar vitalidade ao ambiente. Minha impressão era a de respirar uma atmosfera opressiva e angustiante. Um ar de profunda e irredimível melancolia pairava sobre tudo e a tudo permeava.

À minha entrada, Usher levantou-se de um sofá no qual estava estendido e me saudou com uma vivacidade e animação em que, como pensei depois, havia muito de cordialidade exagerada — nascida do esforço a que se via constrangido o homem mundano e *ennuyé*. Bastou-me, porém, lançar-lhe um olhar ao semblante para me convencer de sua absoluta sinceridade. Nós nos sentamos, e, por alguns instantes, enquanto ele se mantinha calado, eu o olhei com um misto de piedade e de pasmo. Com certeza ninguém sofrera mudança tão terrível, em tão breve período, quanto Roderick Usher! Com muita dificuldade, consegui reconhecer que a criatura lívida diante de mim era meu amigo de infância. No entanto, os traços de seu rosto sempre foram notáveis. Pele de tom cadavérico, olhos grandes, claros e extraordinariamente luminosos; lábios um tanto finos e lívidos, mas com desenho extraordinariamente belo; nariz judaico delicado, mas com narinas muito largas, se comparadas às de rostos similares; queixo finamente modelado que, dadas suas proporções modestas, traía a ausência de energia moral; cabelos de uma maciez e uma finura que lembravam os fios de uma teia de aranha; esses traços, somados a uma descomedida expansão acima

da região das têmporas, formavam um conjunto que não se conseguiria esquecer com facilidade. E, agora, a intensificação de seus traços predominantes e a expressão que deles derivava traduziam-se numa mudança tão profunda que eu não sabia ao certo quem era meu interlocutor. Mais do que tudo, a palidez medonhamente cadavérica da pele e o espantoso brilho dos olhos não apenas me chocavam, mas também me inspiravam temor. Os cabelos sedosos também davam mostras de crescer sem nenhum cuidado; dada sua textura desalinhada de teia de aranha, eles antes flutuavam que se derramavam sobre o rosto, e assim eu não conseguia, malgrado todo esforço, ligar aquele aspecto extravagante a nada que fosse simples e meramente humano. Nos modos de meu amigo, chocou-me imediatamente uma incoerência, uma incongruência — e logo descobri que isso tinha origem numa série de débeis e inúteis esforços para dominar uma ansiedade permanente, uma excessiva agitação nervosa. Na verdade, eu já estava preparado para algo assim, nem tanto em razão de sua carta, mas pela lembrança de determinados traços infantis e por conclusões tiradas com base na conformação física e no temperamento de Roderick Usher. Seu estado de ânimo se alternava entre o vivaz e o melancólico. O tom de voz variava rapidamente, passando de uma trêmula indecisão (quando os instintos animais se encontravam em absoluto estado de latência) a uma espécie de enérgica determinação — aquele tipo de enunciação abrupta, grave, compassada e surda, aquela pronúncia equilibrada e harmônica que se pode observar no bêbado irrecuperável ou no comedor de ópio inveterado durante os períodos de maior agitação.

Foi assim que ele falou do objetivo de minha visita, de seu ardente desejo de me encontrar e do alívio que esperava que eu lhe proporcionasse. Em certa altura, começou a discorrer sobre o que ele imaginava ser a natureza de sua enfermidade. Tratava-se, disse Usher, de um mal de constituição, de origem familiar, para o qual ele não tinha esperança de encontrar remédio — uma mera afecção nervosa, apressou-se a acrescentar, que com certeza logo passaria. O mal se manifestava numa série infindável de sensações anormais. Algumas delas, que ele descreveu com mais minúcia, me despertaram o interesse e a perplexidade, embora estes talvez se devessem, em grande medida, aos termos usados e ao estilo em que as descreveu. Ele sofria principalmente de um mórbido aguçamento dos sentidos; só conseguia tolerar as comidas mais insípidas; só conseguia usar roupas de determinada textura; a fragrância de todas as flores lhe era insuportável; mesmo a luz mais suave feria-lhe os olhos; e todos os sons, salvo os de instrumentos de corda, lhe inspiravam horror.

Notei que ele estava refém de uma espécie anômala de terror.

— Hei de perecer — disse ele —, *devo* perecer, neste lastimável desatino. Assim, exatamente assim, e não de outro modo, haverei de me perder. Temo os acontecimentos futuros não por si mesmos, mas por suas consequências. Estremeço só de pensar no efeito que qualquer incidente, mesmo o mais trivial, haverá de ter sobre esta intolerável agitação de espírito. Na verdade, não receio de modo algum o perigo, exceto em seu efeito absoluto: o terror. Neste estado de abatimento, nesta condição deplorável, sinto que mais cedo ou mais tarde haverei de perder a vida e a razão ao mesmo tempo, em alguma peleja contra o impiedoso fantasma, o MEDO.

Além disso, fui aos poucos percebendo, graças a sinais fragmentários e ambíguos, outra singularidade de sua condição mental. Usher era presa de determinadas impressões supersticiosas em relação a sua residência — da qual, durantes muitos anos, ele não ousara sair — e de uma influência cuja pretensa força se expressava em termos por demais sombrios para serem retomados aqui. Por força de uma longa exposição, disse ele, essa influência, devida às particularidades da mera forma e conteúdo da mansão de sua família, provocou em seu espírito um efeito em que o aspecto *físico* das paredes, das pequenas torres cinzentas e do lago sombrio ao lado do qual elas se erguiam terminaram por pesar sobre o aspecto *moral* da existência de Usher.

Mas ele reconhecia, embora com certa relutância, que muito de seu estranho abatimento se poderia atribuir a uma origem mais natural e muito mais palpável: a grave e prolongada doença — na verdade, a evidente iminência do passamento — de uma irmã muito querida, sua única companheira por longos anos, sua única parente neste mundo.

— Com seu falecimento — disse ele, com uma amargura que nunca hei de esquecer — eu, o desesperançado e fraco, ficarei como o último remanescente da antiga estirpe dos Usher.

Enquanto ele falava, a srta. Madeline (pois esse era seu nome) passou devagar pelo outro extremo do aposento e, sem se dar conta de minha presença,

desapareceu. Olhei para ela com um misto de estupefação e medo; não obstante, parece-me impossível detalhar e explicar tais sentimentos. Uma tremenda sensação de letargia me oprimiu enquanto acompanhava com o olhar os passos que se afastavam. Quando enfim uma porta se fechou atrás dela, meus olhos perscrutaram instintiva e ansiosamente a fisionomia do irmão; mas, como este enterrara o rosto nas mãos, só pude perceber a lividez cada vez maior de seus dedos emagrecidos, sobre os quais caíam muitas lágrimas ardentes.

De havia muito, a enfermidade da srta. Madeline desafiava e confundia a perícia de seus médicos. Uma apatia constante, uma lenta consumição de sua pessoa, além de frequentes, embora passageiras, afecções de tipo um tanto cataléptico — tais eram os diagnósticos um tanto incomuns. Até então, ela resistira às pressões de sua doença e não se resignara a recolher-se à cama; quando veio o anoitecer do dia em que cheguei àquela casa, porém, Madeline sucumbiu (como me diria à noite o irmão, tomado de uma agitação indizível) à força arrasadora do exterminador; entendi então que aquele olhar que lancei a sua pessoa haveria de ser o último, e que nunca mais veria aquela dama, pelo menos ainda com vida.

Depois disso, durante muitos dias, nem eu nem Usher tocamos no nome dela; nesse período, empenhei-me seriamente em aliviar a melancolia de meu amigo. Pintávamos e líamos juntos, ou então ouvíamos, como num sonho, as loucas improvisações de seu expressivo violão. E assim, quanto mais nossa aproximação me permitia maior acesso aos recônditos de seu espírito, mais amargamente eu percebia a inutilidade de qualquer tentativa de livrar uma mente cujas trevas, como se lhe fossem uma característica intrínseca, banhavam de uma contínua e incessante radiação de melancolia todos os objetos do universo moral e físico.

Sempre guardarei comigo a lembrança das muitas horas soturnas que passei sozinho com o senhor da Casa de Usher. Não obstante, nunca conseguirei transmitir o teor exato dos estudos nem das ocupações em que ele me envolveu ou para os quais me abriu caminho. Um idealismo exacerbado e descomedido lançava sobre todas as coisas um brilho sulfuroso. Suas longas nênias improvisadas ecoarão para sempre em meus ouvidos. Entre outras coisas, guardo a dolorosa memória de uma singular distorção e amplificação da atmosfera de desvario da última valsa de Von Weber. Guardo também a lembrança das pinturas geradas por sua imaginação tortuosa, que, a cada pincelada, ia se perdendo numa vagueza que me fazia tremer ainda mais, porque tremia sem saber por quê; dessas pinturas (cujas imagens vívidas tenho agora diante de mim) eu haveria de tentar, em vão, extrair mais que uma pequena porção que pudesse ser expressa por meras palavras escritas. Pela absoluta simplicidade, pela nudez de seus desenhos, Roderick me atraía a atenção e me levava ao pavor. Se algum dia algum mortal conseguiu pintar uma ideia, esse mortal foi Roderick Usher. Pelo menos para mim — nas circunstâncias em que eu me encontrava —, emanava das puras abstrações que o hipocondríaco lançava às suas telas um intolerável temor reverencial, de que nunca cheguei a experimentar nem a menor sombra na contemplação dos devaneios por demais concretos de Fuseli[3].

Uma das ideias fantasmagóricas de meu amigo, a qual pouco se harmonizava com o espírito de abstração, pode ser sugerida, embora de forma um tanto vaga, por meio de palavras. Uma pequena pintura mostrava o interior de longuíssima cripta ou túnel, com paredes baixas, lisas, brancas, contínuas e nuas. Alguns elementos acessórios da pintura transmitiam bem a ideia de que aquela estrutura ficava a grande profundidade, longe da superfície da terra. Não se via saída em parte alguma de sua vasta extensão. Tampouco se viam tochas ou outras fontes de iluminação artificial; não obstante, um intenso jorro de luz banhava tudo num medonho e desagradável fulgor.

Falei há pouco da condição mórbida do nervo auditivo que torna toda e qualquer música — à exceção de determinados efeitos sonoros produzidos por instrumentos de corda — intolerável para quem sofre dessa moléstia. Em grande medida, eram, talvez, os estreitos limites a que ele se confinava ao tocar violão que davam origem ao caráter fantástico de suas *performances*. Mas essa explicação não podia se aplicar à ardente desenvoltura de seus improvisos. O fantástico devia derivar, como de fato derivava, tanto das melodias quanto das letras de suas loucas fantasias (pois, não raro, acompanhando-se ao violão,

[3] Henry Fuseli, nome anglicizado do suíço Johann Heinrich Füssli (1745-1821), pintor romântico que é mais lembrado pelos quadros de temática sobrenatural, macabra e pesadelesca. (N.E.)

ele cantava improvisações verbais rimadas), resultantes do intenso recolhimento e concentração que, como eu já disse, só acontecem em raros momentos da mais alta excitação artificial. Guardei bem a letra de uma daquelas rapsódias. Ela me impressionou de modo especial quando Usher a apresentou, talvez porque, em seu sentido místico ou subjacente, tive a impressão de perceber, pela primeira vez, uma perfeita consciência, da parte de Usher, da instabilidade de sua soberba razão, no alto de seu trono. Os versos, intitulados "O palácio mal-assombrado", eram mais ou menos assim:

I

No mais verde de nossos vales,
Por anjos bons habitado,
Um belo e altivo palácio havia,
Que, mui radioso e encantado,
No reino da Razão soberana
Se erguia!
Asa de serafim jamais
Se estendeu sobre edifício
Dono de belezas tais!

II

No alto do palácio tremulavam

Pavilhões amarelos, dourados, majestosos;

(Isso — tudo isso — em tempos remotos

E em tudo por tudo gloriosos),

E sempre que a brisa, leve, brincava

No doce frescor do dia,

Perlongando os baluartes descorados,

Sutil fragrância recendia.

III

Os que passavam pelo venturoso vale

Por duas janelas luminosas contemplavam

Gênios benfazejos que bailavam

Ao som de um alaúde afinado

Em volta do espaço, onde

(Porfirogênito!)

A gente, fascinada, via

O soberano do reino entronizado

Em toda a sua glória e galhardia.

IV

E pela porta do palácio,
Cravejada de rubis e pérolas rutilantes,
Jorrava sempre, sempre e sempre,
E em perpétuo esplendor,
Uma legião de Ecos, inspirados pelo amor,
Que por força de uma doce lei
Tinham de cantar, com vozes veludosas,
A finura e a sabedoria de seu rei.

V

Mas coisas do mal, com as vestes do pesar,
Assaltaram o reino do monarca
(Ah, vamos prantear, pois, para ele,
A luz de um novo dia já não brilhará!);
E o brilho que lhe adornava a casa
Cumulando-a de glória,
Agora é coisa morta,
E vago eco de uma vaga história.

VI

E agora os viajantes, do fundo do vale,
Veem apenas, pelas janelas radiantes,
Formas imensas, fantásticas, que dançam
Ao som de melodias dissonantes;
Ao passo que, como um rio horrendo e veloz,
Da porta já sem cor,
Uma hedionda legião irrompe mais e mais,
Às gargalhadas — mas não sorri jamais.

Lembro muito bem que as ideias inspiradas por essa balada nos levaram a um estado mental em que Usher revelou uma opinião que apresento aqui não tanto pela originalidade (pois outros homens também pensaram da mesma maneira), mas pela firmeza com que ele a defendeu. Em linhas gerais, era a ideia de que todos os vegetais são capazes de sentir. Em sua mente perturbada, porém, esse pensamento assumia caráter mais ousado e, em determinadas condições, penetrava o reino das coisas inorgânicas. Faltam-me palavras para exprimir, em toda a sua extensão, a *franca seriedade* de sua convicção. Sua crença, porém, estava ligada (como já mencionei) às pedras cinzentas da casa de seus ancestrais. Naquela casa, as condições que permitiam essa capacidade de sentir, imaginava ele, resultavam da maneira que as pedras estavam dispostas — tanto na forma que se distribuíam como nos muitos fungos que as cobriam, nas árvores tombadas à sua volta e, principalmente, na imperturbável permanência dessa disposição e na duplicação da imagem nas águas imóveis do lago. A justeza dessa observação — de que os vegetais eram capazes de sentir — podia ser vista, dizia ele (e nessa altura de sua exposição eu me sobressaltei), na gradual, embora inegável, condensação de uma atmosfera muito própria nas águas e nas paredes. O efeito se percebia — acrescentou — naquela silenciosa, porquanto insistente e terrível, influência que, ao longo de séculos, decidira os destinos de sua família e fizera *dele* — tal como eu o via agora — o que ele era. Essas opiniões não merecem comentário, e não farei nenhum.

Nossos livros — os livros que, durante anos, constituíram não pequena porção da existência mental do enfermo — estavam em perfeita sintonia, como era de esperar, com a natureza de suas fantasias. Nós nos aplicávamos na leitura de obras como *Ververt* e *La chartreuse*, de Gresset; o *Belfegor*, de Maquiavel; *Céu e inferno,* de Swedenborg; *A viagem subterrânea de Nicholas Klimm,* de Holberg; *Quiromancia,* de Robert Flud, e obras de Jean d'Indaginé e de De la Chambre; *Viagem pelo espaço azul,* de Tieck; e *Cidade do sol,* de Campanella. Um dos preferidos era uma pequena edição in-oitavo do *Directorium inquisitorium,* do dominicano Eymeric de Girona; e havia passagens em Pompônio Mela, a respeito dos antigos egipãs e sátiros africanos, sobre as quais Usher cismava durante horas e horas. Seu maior prazer, porém, era mergulhar na leitura atenta de um livro raro e requintado, um in-quarto em caracteres góticos — o manual de uma Igreja esquecida, *Vigiliae mortuorum secundum chorum ecclesiae Maguntinae.*

Não pude deixar de pensar no fantástico ritual dessa obra e em sua provável influência sobre o hipocondríaco quando, certa tarde, depois de ter ele me informado abruptamente que a srta. Madeline se finara, declarou sua intenção de preservar o cadáver por uma quinzena (antes de proceder ao enterro definitivo) numa das numerosas criptas situadas entre as paredes principais do interior do edifício. A razão prática para esse procedimento, contudo, era de tal natureza que não me senti livre para questionar. O irmão afirmou ter sido obrigado a essa decisão dado o caráter incomum da enfermidade da falecida, certas indagações sôfregas e impertinentes da parte dos médicos e a distância e vulnerabilidade em que se achava o jazigo da família. Não vou negar que, quando evoquei o semblante sinistro da pessoa com quem cruzara na escadaria no dia em que cheguei à casa, não tive nenhum desejo de me opor ao que eu considerava, quando muito, uma precaução inofensiva e de modo algum anormal.

A pedido de Usher, ajudei-o pessoalmente nos preparativos do sepultamento temporário. Como o corpo já fora colocado no caixão, nós dois sozinhos o levamos ao seu local de descanso. A cripta onde o colocamos (e que ficara fechada por tanto tempo que nossas tochas, um tanto esmorecidas em sua atmosfera opressiva, não nos permitiram exame mais detalhado) era pequena, úmida e totalmente impermeável à luz; ela jazia, a grande profundidade, exatamente sob a parte do edifício onde se localizava o quarto em que eu dormia. Ao que parecia, a cripta tivera, em remota época feudal, a terrível função de

masmorra; nos últimos tempos, servira como depósito de pólvora ou de alguma outra substância muito combustível, visto que boa parte de seu piso e todo o interior de uma longa galeria através da qual chegamos a ela eram cuidadosamente revestidos de cobre. A porta, de ferro maciço, também recebera o mesmo revestimento. Ao se mover nos gonzos, seu peso imenso provocou um som extraordinariamente alto e desagradável.

Depois de termos depositado o triste fardo sobre cavaletes, dentro daquele ambiente de horror, abrimos parcialmente a tampa ainda não vedada do caixão e contemplamos o rosto da morta. Pela primeira vez, a incrível semelhança entre irmão e irmã me chamou a atenção; e Usher, quem sabe adivinhando meus pensamentos, revelou-me num murmúrio que ele e a irmã eram gêmeos e que entre os dois sempre existira uma afinidade de natureza quase inexplicável. Nossos olhares, porém, não se demoraram muito no rosto da morta — pois não nos era possível olhar para ela sem um sentimento de temor. A doença que assim sepultara a dama em plena juventude deixara, como todas as enfermidades de caráter estritamente cataléptico, a derrisão de um leve rubor no peito e nas faces, bem como aquela sombra de sorriso suspeitoso nos lábios, que se nos afigura tão terrível na morte. Abaixamos a tampa, fixamo-la com parafusos, trancamos a porta de ferro e, penosamente, dirigimo-nos aos aposentos apenas um pouco menos sombrios da parte superior da casa.

E então, quando já tinham se passado alguns dias de amargo pesar, sobreveio uma notável mudança no caráter da desordem mental de meu amigo. Ele já não se comportava do modo costumeiro e negligenciava ou esquecia suas ocupações normais. Vagava de aposento em aposento com passos apressados, irregulares, sem rumo. A palidez de suas faces tinha adquirido, se é que tal fosse possível, um tom ainda mais cadavérico — mas o brilho de seus olhos se apagara por completo. O ocasional vigor de sua voz já não se fazia ouvir; e um terrível tremor, como se nascido de um medo avassalador, lhe dominava a fala. Na verdade, havia momentos em que eu pensava que a mente de Usher, em constante agitação, guardava algum segredo opressivo e procurava reunir coragem para o revelar. Em outros momentos, eu me sentia obrigado a pôr tudo na conta das excentricidades inexplicáveis da loucura, pois o via contemplar o vazio durante longas horas, parecendo absolutamente concentrado, como se ouvindo algum som imaginário. Não era de espantar que sua condição inspirasse terror e me afetasse. Eu sentia insinuar-se em mim, de modo lento, embora persistente, a louca influência de suas fantásticas, mas deletérias, superstições.

E ao recolher-me ao leito, a desoras, na sétima ou oitava noite depois que depositamos a srta. Madeline na cripta, senti toda a força de tais sentimentos. O sono não se acercava de meu leito — e as horas passavam incessantemente. Eu me esforçava para afastar, à força de arrazoados, o nervosismo que me dominava. Lutava para me convencer de que muito do que eu sentia, e talvez mesmo a totalidade, devia-se à atordoante influência dos lúgubres ornamentos do quarto — das negras cortinas esfarrapadas que, sopradas pelo arfar de uma tempestade que se avizinhava, sacudiam-se espasmodicamente nas paredes e roçavam os adornos da cama. Mas todos os meus esforços foram em vão. Um tremor irreprimível apossou-se gradualmente de meu corpo; e, por fim, instalou-se em meu coração o íncubo de um pavor absolutamente sem motivo. Afastando-o de mim com um arquejo e um esforço concentrado, apoiei-me nos travesseiros, ergui o corpo e, perscrutando a completa escuridão do quarto, apurei os ouvidos — não sei por quê, salvo que fui levado a isso por certa intuição —, atentando para alguns sons abafados e indefinidos que me vinham, eu não sabia de que parte, nos intervalos do fragor da tempestade. Dominado por intenso sentimento de horror, vesti-me a toda a pressa (pois sentia que não dormiria mais naquela noite) e, andando de um lado para outro no aposento, tentei recuperar-me da lamentável situação em que caíra.

Mal tinha dado algumas voltas, passos leves na escadaria próxima me chamaram a atenção, e então percebi que se tratava de Usher. Logo depois, ele bateu de leve em minha porta e entrou, trazendo uma lamparina. Como sempre, seu rosto exibia uma palidez cadavérica. Além disso, havia uma espécie de louca animação em seus olhos — uma *histeria* visivelmente contida, que se refletia em todas as suas atitudes. Sua aparência me assustava, mas qualquer coisa era preferível à solidão que eu suportara durante tanto tempo, e até senti sua presença como um alívio.

— E você não viu? — perguntou, abruptamente, após ter olhado à sua volta por alguns instantes, em silêncio. — Quer dizer que você não viu? Mas espere um pouco que você verá. — E, assim falando, tendo tido antes o cuidado de encobrir a luz da lamparina, correu a uma das janelas e a abriu para a tempestade.

A fúria impetuosa da rajada de vento quase nos ergueu no ar. Era, de fato, uma noite tempestuosa, mas incrivelmente bela e ferozmente singular em seu terror e beleza. Ao que parecia, um furacão ganhara força em nossas cercanias; com efeito, havia frequentes e violentas alterações no rumo do vento; ademais, a extraordinária densidade das nuvens (que, de tão baixas, pareciam pesar sobre os torreões da casa) não nos impedia de perceber a grande velocidade com que elas se deslocavam, dando a impressão de estarem vivas, precipitando-se de todos os lados umas contra as outras, sem que se perdessem na distância. Afirmo que sua extraordinária densidade não nos impedia de ver isso — embora não enxergássemos a lua nem estrelas e não houvesse o menor sinal de relâmpago. Não obstante, da parte inferior das grandes massas de vapor em constante agitação, e de todos os objetos terrenos à nossa volta, emanava uma luz insólita, muito débil, de uma exalação gasosa perfeitamente distinguível, que rodeava toda a mansão e a amortalhava.

— Você não deve... você não vai contemplar isso — eu, trêmulo, disse a Usher enquanto o conduzia, delicada mas energicamente, da janela para uma cadeira. — Essas visões que tanto o desconcertam não passam de fenômenos elétricos nada incomuns... ou, quem sabe, tenham sua nauseante origem no espesso miasma do lago. Vamos fechar essa janela... o ar está gelado e perigoso para sua saúde. Aqui está um de seus romances preferidos. Eu vou ler, você vai ouvir, e assim atravessaremos juntos esta noite terrível.

O antigo volume que eu tomara nas mãos era *A assembleia dos loucos*, de sir Launcelot Canning, que afirmei ser um dos preferidos de Usher mais como gracejo melancólico que a sério, porque pouco havia na prolixidade do livro, canhestra, sem imaginação, que pudesse interessar à elevada espiritualidade de meu amigo. Não obstante, era a única obra que estava à mão, e alimentei a vaga esperança de que a agitação de que era presa o hipocondríaco se amainasse (porque a história das perturbações mentais está cheia de anomalias como essa) mesmo ouvindo a leitura dos mais extremos desatinos. Com efeito, se eu pudesse julgar pelo exasperado ar de vivacidade com que Usher escutava — ou dava a impressão de escutar — as palavras da história, poderia felicitar-me por ter atingido meu objetivo.

Eu chegara à bem conhecida passagem do livro em que Ethelred, o herói, depois de ter tentado em vão entrar pacificamente no retiro do eremita, se põe a abrir caminho à força. Cabe lembrar que, nesse ponto, a narrativa assim reza:

E Ethelred, que era de seu natural muito corajoso, e agora ainda mais devido à força do vinho que bebera, sem querer mais perder tempo tentando parlamentar com o eremita — que, na verdade, era um sujeito malévolo e turrão — e sentindo a chuva cair-lhe sobre os ombros, temendo que a tempestade piorasse, ergueu a maça e, desferindo golpes, logo abriu um buraco nas pranchas da porta, por onde enfiou a mão protegida pela luva de ferro; e então, puxando a porta com toda a força, tanto a rebentou, estourou e despedaçou que o barulho surdo da madeira seca elevou-se e reverberou floresta adentro.

Ao terminar de ler essa frase, estremeci e, por um instante, parei; isso porque me pareceu que, de algum lugar muito remoto da mansão (embora eu logo concluísse que minha imaginação inflamada me levara a erro), me veio aos ouvidos, de forma indistinta, o que bem podia ser, de modo perfeitamente similar, o eco (sem dúvida, porém, um eco abafado e surdo) dos fortes estalos tão minuciosamente descritos por sir Launcelot. Não havia a menor dúvida de que só a coincidência me chamara a atenção; digo isso porque, em meio ao matraquear dos caixilhos das janelas e ao estrépito da tempestade cada vez mais forte, o som certamente não tinha, por si só, nada que pudesse me despertar a atenção ou me perturbar. Continuei a leitura:

Ao passar pela porta, porém, o valoroso campeão Ethelred zangou-se e surpreendeu-se ao notar que não havia sinal do malévolo eremita. Em seu lugar, havia um dragão escamoso e descomunal, de língua flamejante, postado diante de um palácio de ouro, com piso de prata; e da parede pendia um escudo de bronze reluzente no qual se lia a seguinte inscrição:

Vencedor será quem aqui entrar.
Quem matar o dragão, o escudo ganhará.

Então Ethelred levantou a maça e golpeou a cabeça do dragão, que caiu diante dele, soltando seu bafo pestilento, com um grito tão horrendo, tão áspero e, ao mesmo tempo, tão agudo, que Ethelred teve de tapar os ouvidos com as mãos para proteger-se do barulho, medonho como ele nunca ouvira igual.

Nesse ponto, tornei a parar de repente, e então, sentindo terrível espanto — pois não havia sombra de dúvida que, naquele momento, ouvira de fato (embora me fosse impossível dizer de que lado vinha) um grito muito estranho ou um rangido baixo e, ao que parecia, distante, mas áspero, prolongado — a exata reprodução do que minha imaginação já produzira do grito estranho do dragão, tal como descrito pelo romancista.

Opresso — como certamente me encontrava ante essa segunda e excepcional coincidência — por mil sensações conflitantes em que predominavam o assombro e o mais agudo terror, restou-me ainda assim suficiente presença de espírito para evitar intensificar, com algum comentário, a extrema suscetibilidade nervosa de meu companheiro. Eu não tinha a menor certeza de que ele notara os sons que mencionei, muito embora nos últimos minutos se tivesse operado, sem sombra de dúvida, uma estranha alteração em sua atitude e comportamento. A princípio em posição fronteira à minha, ele pouco a pouco foi voltando a cadeira de modo a pôr-se de frente para a porta do quarto, e assim eu só conseguia ver em parte suas feições, ainda que observasse que seus lábios tremiam como se dissessem palavras inaudíveis. Sua cabeça pendera sobre o peito — conquanto eu soubesse que ele não dormia, pois que vi, olhando-o de perfil, o olho bem aberto e fixo. O movimento de seu corpo também reforçava essa ideia — visto que Usher balançava de um lado para outro, lenta e regularmente. Tendo me dado conta de tudo isso, retomei a narrativa de sir Launcelot, que continuava nestes termos:

E então o campeão, tendo escapado da fúria terrível do dragão, lembrando-se do escudo de bronze e da possibilidade de quebrar o encanto que nele havia, afastou a carcaça do caminho e avançou corajosamente no piso de prata do castelo em direção ao escudo que pendia da parede; na verdade, este não esperou a completa aproximação do cavaleiro, mas caiu aos seus pés no piso de prata, com terrível e poderoso fragor.

Mal essas palavras saíram de meus lábios, ouvi muito claramente uma reverberação surda, metálica e clangorosa, embora aparentemente abafada, como se um escudo de bronze tivesse de fato caído pesadamente sobre o chão de prata. Dominado pelo temor, levantei-me de um salto, mas o movimento compassado de Usher se manteve imperturbável. Precipitei-me para a cadeira em que ele estava sentado. Seus olhos olhavam para a frente, fixos, e toda a sua fisionomia era de uma rigidez de pedra. Mas, quando pus a mão em seu ombro, todo o corpo dele estremeceu; um sorriso mórbido e trêmulo convulsionava-lhe os lábios; dei-me conta então de que ele emitia um murmúrio débil, apressado e ininterrupto, como se não estivesse ciente de minha presença. Inclinei o corpo em sua direção e pude enfim me inteirar do hediondo significado de suas palavras.

— Não está ouvindo?... Sim, eu ouço, eu tenho ouvido. Durante muito, muito, muito tempo, muitos minutos, muitas horas, muitos dias, tenho ouvido... E, no entanto, não me atrevi... Oh, pobre de mim, infeliz desgraçado que sou!... Não me atrevi a falar! *Nós a colocamos viva no túmulo!* Eu não lhe disse que meus sentidos eram aguçados? *Agora* lhe digo que ouvi seus primeiros e quase imperceptíveis movimentos dentro do esquife. Eu os ouvi... muitos dias atrás... e, no

entanto, não ousei... *não ousei* falar! E agora... hoje... Ethelred... Ah-ah!... O arrombamento da porta do eremita, o grito de morte do dragão, o clangor do escudo!... Ou, antes, o despedaçamento de seu esquife, o ranger dos gonzos de ferro de sua prisão e sua luta contra a galeria revestida de cobre de sua cripta! Oh, para onde hei de fugir?! Logo não estará ela aqui? Não está vindo apressada ao meu encontro para censurar minha precipitação? Não ouvi seus passos na escada? Não ouvi perfeitamente os terríveis e pesados batimentos de seu coração? Louco! — E, nisto, ele se pôs furiosamente de pé e exclamou com voz aguda e estridente, como se, com aquele esforço, estivesse entregando a alma: — *Louco! Digo-lhe que ela agora está atrás da porta!*

No mesmo instante, como se a energia sobre-humana de seu brado tivesse assumido a potência de um encantamento, as enormes e antigas almofadas da porta para a qual ele apontou começaram a entreabrir lentamente suas pesadas garras de ébano. Aquilo fora obra do vendaval — mas então, agora que a porta se abrira, *via-se* a altiva e amortalhada figura da srta. Madeline de Usher. O vestido branco estava salpicado de sangue, e havia vestígios de luta feroz em cada parte de seu corpo emaciado. Por um instante, ela permaneceu trêmula e cambaleante no umbral; depois, com um leve gemido, caiu pesadamente sobre o irmão e, na violenta agitação da morte, fê-lo tombar no chão, agora já na condição de cadáver, vítima dos terrores que antevira.

Eu, horrorizado, fugi daquele aposento e daquela mansão. A tempestade ainda desencadeava toda a sua fúria quando me vi trilhando o velho caminho.

De repente, percebi uma luz fantasmagórica e me voltei para olhar de onde poderia vir um brilho tão extraordinário, dado que atrás de mim só havia a ampla casa e suas sombras. O fulgor era o do ocaso vermelho-sangue da lua cheia, que agora brilhava intensamente através daquela fenda, antes mal perceptível, que eu já disse estender-se desde teto do edifício, descendo em zigue-zague, até os alicerces. Enquanto eu olhava, a fissura alargou-se rapidamente, dando origem a um tremendo turbilhão, e todo o orbe do satélite ruiu imediatamente sob as minhas vistas. Minha mente perturbou-se quando vi as fortes paredes caírem aos pedaços, e houve longo e tumultuoso grito, como a voz de um milhar de águas — e o lago, profundo e parado, fechou-se súbita e silenciosamente sobre as ruínas da "Casa de Usher".

Os assassinatos da rua Morgue

Que canção cantaram as sereias, ou que nome Aquiles adotou quando se escondeu entre as mulheres? Essas questões, embora complicadas, não impedem que se façam conjecturas.

— Sir Thomas Browne

Os traços mentais considerados analíticos são, em si mesmos, pouco passíveis de análise. Nós os avaliamos apenas com base em suas manifestações externas. Deles sabemos que, entre outras coisas, são sempre uma fonte do mais alto deleite para seu possuidor, quando este os possui em alto grau. Assim como o homem forte regozija-se com sua exuberância física, comprazendo-se em exercícios que põem os músculos em ação, o analista ufana-se de sua atividade moral de *desvendar*. Ele se deleita até com as mais triviais ocupações que requerem seu talento. Gosta de enigmas, de adivinhas, de hieróglifos, revelando, em cada solução que encontra, uma perspicácia que parece sobrenatural ao comum dos mortais. Suas realizações, que provêm do próprio espírito e essência do método, têm, na verdade, toda a aparência de intuição.

Provavelmente, a capacidade de resolução de problemas é muito favorecida pelos estudos matemáticos, sobretudo por seu ramo mais elevado, o qual, de forma injusta e apenas devido a suas realizações passadas, foi chamado de análise como se o fosse por excelência. O cálculo, por si só, não é análise. Um jogador de xadrez, por exemplo, exercita um desses processos sem recorrer ao outro. Daí resulta que o jogo de xadrez, no que tange a seus efeitos sobre o caráter mental, é muito mal compreendido. Não estou escrevendo um tratado, mas simplesmente prefaciando, com observações muito erráticas, uma narrativa estranha; assim sendo, aproveito a ocasião para afirmar que os grandes poderes do intelecto reflexivo são utilizados de forma mais decisiva e mais útil no modesto jogo de damas que na refinada frivolidade do xadrez. Nesse último, em que as peças têm movimentos diversos e *imprevisíves*, com valores diversos e variáveis, aquilo que é apenas complexo é tomado (erro, aliás, não muito incomum) por profundo. No xadrez, a *atenção* tem papel importantíssimo. Se ela se dispersa por um instante, comete-se um erro que resulta numa perda ou na derrota. Como os movimentos possíveis são não apenas diversos, mas intrincados, multiplicam-se as chances de ocorrência de tais erros; e, em nove de cada dez casos, quem ganha o jogo é o jogador mais concentrado e não o mais arguto. Ao contrário, no jogo de damas — em que os movimentos são *únicos* e as variações são mínimas, as probabilidades de um descuido são menores, e a mera atenção é comparativamente pouco usada —, qualquer vantagem obtida por um ou outro oponente se deve a uma maior *argúcia*. Para sermos menos abstratos, vamos supor um jogo de damas em que as peças estejam reduzidas a quatro reis e, naturalmente, não seja de esperar nenhum descuido. É evidente que, nesse caso, a vitória poder ser decidida (estando os jogadores em igualdade de condições) por um movimento *recherché*, resultado de grande aplicação do intelecto. Privado de recursos comuns, o analista penetra no espírito do oponente, identifica-se com ele e, desse modo, não raro vê, num relance, as únicas estratégias (às vezes de incrível simplicidade) por meio das quais pode levar o outro ao engano ou ao erro de cálculo.

Já faz tempo que o uíste chamou a atenção por sua influência sobre o que se chamou de poder de cálculo, e sabe-se de homens de grande capacidade mental que muito se comprazem nesse jogo, evitando o xadrez por julgá-lo frívolo. Sem sombra de dúvida, não existe nada no gênero capaz de exercitar, em tal medida, a capacidade de análise. O maior enxadrista da cristandade *talvez* seja pouco mais que o melhor jogador de xadrez, mas proficiência em uíste supõe uma capacidade de bom desempenho em disputas importantes de mente contra mente. Quando digo proficiência, refiro-me àquele perfeito desempenho no jogo que supõe uma compreensão de *todas* as fontes das quais pode derivar uma vantagem legítima. Estas são não apenas múltiplas, mas também multiformes, e muitas vezes se encontram em recessos de pensamento em tudo inacessíveis ao entendimento comum.

Observar atentamente é lembrar-se de forma clara; e, até aqui, o enxadrista com grande capacidade de concentração sai-se muito bem no uíste, pois as regras de Hoyle (elas próprias baseadas no mero mecanismo do jogo) são bastante compreensíveis. Assim, ter boa memória e seguir as regras do "livro" são elementos em geral considerados como a essência do bom desempenho no jogo. Mas é nos aspectos além dos limites da mera regra que a capacidade do analista se revela. Em silêncio, ele faz grande número de observações e inferências. O mesmo fazem, talvez, seus companheiros, e a diferença no alcance da informação obtida repousa não tanto na validade da inferência quanto na qualidade da observação. O que se precisa saber é *o que* deve ser observado. Nosso jogador não aceita nenhum limite; tampouco, pelo mero fato de o objetivo ser o jogo, ele deixa de fazer deduções com base em coisas alheias ao jogo. Ele examina a expressão fisionômica de seu companheiro, comparando-a cuidadosamente à de cada um dos oponentes. Observa a maneira de distribuir as cartas, cada vez que estas são dadas, frequentemente contando naipe por naipe e ponto por ponto, e o faz pelos olhares dos jogadores a suas cartas. Ele nota cada alteração fisionômica à medida que o jogo avança, reunindo uma série de dados pelas diferenças nas expressões de certeza, surpresa, triunfo ou pesar. Pela maneira de o oponente pôr as cartas, armando uma manobra, descobre se se trata de um blefe. Identifica a jogada diversionista pelo ar com que carta é lançada à mesa. Um comentário descuidado ou impensado; a queda ou virada acidental de uma carta, com a subsequente ansiedade ou pouca preocupação em escondê-la; o cômputo das cartas recebidas e da ordem de sua disposição; embaraço, hesitação, sofreguidão ou apreensão — tudo dá pistas para essa percepção, aparentemente intuitiva, da verdadeira situação do jogo. Depois de duas ou três rodadas, ele tem pleno conhecimento do que se encontra em cada mão e, esteando-se nisso, coloca suas cartas com absoluta clareza de objetivo, como se todos os outros jogadores tivessem mostrado as próprias cartas.

A capacidade de análise não deve ser confundida com grande engenhosidade; isso porque, embora a análise seja necessariamente engenhosa, o homem engenhoso muitas vezes é notoriamente incapaz de analisar. A capacidade de elaboração e de associação, que em geral expressa a engenhosidade e para a qual os frenologistas (acredito que erroneamente) supõem um órgão específico, considerando-a uma faculdade primitiva, foi observada com tanta frequência em pessoas cujo intelecto, em outros aspectos, beirava a idiotia, que despertou o interesse e a observação nos autores que escrevem sobre ética. Na verdade, entre a engenhosidade e a capacidade analítica existe uma diferença muito maior do que entre a fantasia e a imaginação, mas essa diferença é de caráter estritamente análogo. Como se poderá constatar, o indivíduo engenhoso é sempre fantasioso, e o indivíduo *verdadeiramente* imaginativo é sempre capaz de análise.

A narrativa que segue deve ser vista pelos leitores como um comentário sobre as questões que acabamos de expor.

Residi em Paris na primavera e em parte do verão de 18..., e lá conheci certo monsieur C. Auguste Dupin. Esse jovem cavalheiro era de excelente família, na verdade uma família ilustre, mas, devido a uma série de adversidades, se viu reduzido a tal pobreza que perdeu as energias e não teve ânimo para tentar recuperar a fortuna. Por generosidade dos credores, ainda lhe restou uma pequena porção do patrimônio; com os rendimentos daí advindos, e obrigando--se a rigorosa economia, ele obtinha os meios de satisfazer suas necessidades básicas, sem se preocupar com o supérfluo. Na verdade, seu único luxo eram os livros, e em Paris não era difícil adquiri-los.

Nosso primeiro encontro se deu numa modesta livraria na rua Montmartre, onde a coincidência de estarmos em busca de um mesmo livro muito raro e muito especial fez que nos aproximássemos e estreitássemos relações. Nós depois nos encontrávamos com bastante frequência. Interessou--me profundamente a pequena história de sua família, que ele me contou com toda aquela franqueza a que se entrega o francês quando trata apenas do próprio eu. Espantou-me também a vasta gama de suas leituras; e, acima de tudo, eu sentia minha alma inflamada pelo ardor impetuoso e pelo vívido frescor de sua imaginação. Procurando em Paris os objetos que então me interessavam, senti que a companhia de um homem como aquele seria para mim um tesouro inestimável e, com toda a franqueza, lhe confiei esse sentimento. Em certa altura, combinamos morar juntos durante a minha permanência na cidade; e, como minhas condições econômicas eram um pouco menos difíceis do que as dele, consentiu que eu arcasse com o custo de alugar e mobiliar, num estilo que combinava com a fantástica melancolia comum ao temperamento de ambos, uma mansão de aspecto grotesco, desgastada pelo tempo e havia muito abandonada devido a superstições que não nos preocupamos em averiguar. A mansão, à beira da ruína, situava-se num canto remoto e desolado do *faubourg* Saint-Germain.

Se as pessoas soubessem da rotina de nossa vida naquele lugar, elas nos tomariam por loucos — embora, talvez, nos incluíssem na categoria dos loucos mansos. Nosso isolamento era perfeito. Não recebíamos visitas. Na verdade, tive o cuidado de não revelar a localização de nosso retiro às pessoas de minhas relações; quanto a Dupin, fazia muitos anos que ninguém em Paris o conhecia. Existíamos apenas para nós mesmos.

Meu amigo tinha a extravagante veleidade (que outro nome poderia eu dar a isso?) de gostar da noite pela própria Noite; e eu embarcava tranquilamente nessa bizarrice, assim como em todas as outras que lhe eram próprias; eu me entregava com perfeito *abandono* a suas loucas extravagâncias. A negra divindade não podia ficar conosco o tempo todo, mas nós podíamos simular sua presença. À primeira luz da manhã, fechávamos as sujas venezianas de nosso velho edifício e acendíamos umas poucas velas que, fortemente perfumadas, emitiam apenas raios de luz muito débeis e pálidos. Valendo-nos desse recurso, ocupávamos nossos espíritos com sonhos — lendo, escrevendo e conversando até que o relógio nos anunciasse a chegada da verdadeira Treva. Então saíamos para as ruas de braços dados, continuando as discussões feitas durante o dia ou vagando por toda parte até altas horas, buscando entre as luzes e sombras da populosa cidade a gama infinita de estímulos mentais possibilitados pela observação feita em plena quietude.

Em tais ocasiões, eu não podia deixar de notar e admirar (ainda que a elevada imaginação de meu amigo já me tivesse preparado para isso) uma peculiar capacidade analítica em Dupin. Ao que parecia, ele tinha vivo prazer em exercitá-la — não exatamente em exibi-la — e não hesitava em confessar o prazer que sentia nisso. Dando um risinho, vangloriava-se dizendo-me que, para ele, a maioria dos homens tinha janelas abertas no peito, e Dupin costumava ilustrar suas afirmações com provas diretas e impressionantes do conhecimento que tinha de mim. Nessas ocasiões, ele se mostrava frio e absorto. Os olhos ficavam inexpressivos, ao passo que a voz, normalmente de um tenor grave, assumia um tom agudo que poderia soar petulante, não fosse a forma compenetrada e absolutamente clara de suas asserções. Observando essas suas atitudes, eu muitas vezes me punha a meditar sobre a velha teoria da alma bipartida e divertia-me com a fantasia da existência de um Dupin duplicado — o criativo e o resolutivo.

Pelo que acabei de dizer, não se pense que estou expondo algum mistério ou escrevendo algum romance. O que descrevi no francês foi apenas o produto de uma inteligência agitada e talvez mórbida. Um exemplo, porém, das observações que ele fazia naquelas ocasiões talvez possa explicitar melhor o que quero dizer. Certa noite, estávamos passeando por uma rua comprida e suja nas cercanias do Palais Royal. Mergulhados em nossos pensamentos, passaram-se pelo menos quinze minutos sem que nenhum de nós pronunciasse uma única sílaba. De repente, Dupin quebrou o silêncio com estas palavras:

— Ele é um sujeito muito pequeno, é verdade, e estaria melhor no *Théâtre des Variétés*...

— Não pode haver a menor dúvida quanto a isso — respondi distraidamente, a princípio sem notar (tão absorto me encontrava em minhas reflexões) a maneira extraordinária com que meu interlocutor penetrava em minhas meditações. Pouco depois me recompus, e meu espanto foi profundo.

— Dupin — disse eu, gravemente —, isso está muito além de minha compreensão. Não hesito em dizer que estou espantado e que mal posso acreditar em minha percepção. Como é possível que você soubesse que eu estava pensando em...? — Então fiz uma pausa, para me certificar, sem sombra de dúvida, de que ele de fato sabia o que eu estava pensando.

— ... em Chantilly — disse ele. — Por que você parou de falar? Você estava pensando consigo mesmo que aquela figura minúscula era inadequada para a tragédia.

Era exatamente aquilo que eu estava pensando. Chantilly era um ex-remendão da rua Saint-Denis que se tomou de paixão pelo palco, tentou o *rôle* de Xerxes na tragédia de mesmo nome, e tudo o que conseguiu com seus esforços foi expor-se ao ridículo.

— Pelo amor de Deus — exclamei —, diga-me qual foi o método... se existe método... que lhe permitiu penetrar a minha alma e inteirar-se de minhas reflexões sobre esse tema! — Na verdade, eu estava muito mais espantado do que gostaria de reconhecer.

— Foi o vendedor de frutas — replicou meu amigo — que fez você concluir que o sapateiro não estava à altura do papel de Xerxes e tudo mais.

— O vendedor de frutas?! Assim você me confunde: não conheço nenhum vendedor de frutas.

— O homem que esbarrou em você quando entramos nesta rua... acho que há uns quinze minutos.

Então lembrei que, de fato, um vendedor de frutas, com um grande cesto de maçãs na cabeça, quase me derrubou no chão por acidente quando estávamos saindo da rua C... e entrando na via movimentada em que nos encontrávamos; mas eu não conseguia entender o que isso tinha a ver com Chantilly.

Não havia nada de charlatanice em Dupin.

— Vou explicar — disse ele. — E, para que compreenda tudo claramente, vamos primeiro retomar o curso de suas meditações desde o momento em que eu estava falando com você até o encontrão com o vendedor de frutas. Os mais importantes elos da corrente são os seguintes: Chantilly, Órion, dr. Nichols, Epicuro, estereotomia, as pedras do calçamento, o vendedor de frutas.

Poucas pessoas, em certo período de suas vidas, deixaram de se entregar ao divertimento de reconstituir as etapas pelas quais suas mentes chegaram a determinadas conclusões. Essa atividade muitas vezes é assaz interessante, e quem a experimenta pela primeira vez se surpreende com a incoerência e a distância aparentemente ilimitadas entre o ponto de partida e o ponto de chegada. Qual não foi então o meu espanto quando não pude deixar de reconhecer que Dupin dissera a pura verdade. Ele continuou:

— Se bem me lembro, estávamos falando de cavalos pouco antes de sairmos da rua C... Foi o último assunto que abordamos. Quando entramos nesta rua, um vendedor de frutas, com um cesto grande na cabeça, atirou-o, com um encontrão, sobre as pedras do calçamento amontoadas num ponto em que este sofria reparos. Você pisou num dos fragmentos soltos, escorregou, teve uma leve distensão no tornozelo, mostrou-se perturbado ou irritado, resmungou algumas palavras, voltou-se para olhar o monte de pedras e depois recomeçou a andar, em silêncio. Não prestei bem atenção ao que você fez, mas ultimamente a observação se tornou para mim uma espécie de necessidade.

— Você manteve os olhos no chão — continuou ele —, olhando, com expressão de impaciência, os buracos e sulcos do calçamento (e por isso vi que você ainda estava pensando nas pedras) até chegarmos à viela Lamartine, que tinha sido pavimentada, a título de experiência, com pedras superpostas e bem encaixadas. Nessa altura seu semblante se iluminou, e, vendo seus lábios se mexerem, não tive dúvida de que você murmurou a palavra "estereotomia", termo com que se costuma classificar esse tipo de pavimento. Eu sabia que você não podia repetir para si mesmo a palavra "estereotomia" sem ser levado a pensar em átomos e, consequentemente, nas teorias de Epicuro; e, uma vez que, quando discutimos esse assunto pouco tempo atrás, comentei quão singular era o fato, ainda que pouco notado, de as vagas conjecturas desse nobre grego terem sido confirmadas pela mais recente cosmogonia nebular, senti que você não poderia deixar de lançar um olhar à grande nebulosa de Órion... e eu esperava mesmo que fizesse isso. Você olhou para o alto, e então tive certeza de ter acompanhado seus passos corretamente. Mas, naquela mordaz diatribe sobre Chantilly que apareceu no *Musée* de ontem, o satirista, comentando maldosamente a mudança de nome do remendão para calçar o coturno próprio da tragédia, citou um verso latino sobre o qual tantas vezes conversamos. Refiro-me ao verso

Perdidit antiquum litera sonum.[4]

— Eu lhe tinha dito que se tratava de uma referência a Órion, outrora grafado Úrion; e, devido ao tom cáustico dessa explicação, eu sabia que você não poderia tê-la esquecido. Era claro, portanto, que você não deixaria de associar a ideia de Órion à de Chantilly. Que você as associou, eu o notei pelo tipo de sorriso que lhe perpassou os lábios. Você pensou na imolação do pobre remendão. Até aí, você vinha andando curvado, mas então endireitou o corpo. Foi então que tive certeza de que refletia sobre a pequena estatura de Chantilly. Nesse momento, interrompi suas meditações para comentar que, na verdade, o tal Chantilly, por ser um tipo muito baixo, estava mais talhado para o Théâtre des Variétés.

Pouco depois disso, estávamos olhando uma edição matinal da *Gazette des Tribunaux* quando os seguintes parágrafos chamaram nossa atenção.

[4] "As primeiras letras perderam seus sons primitivos." (N.T.)

ASSASSINATOS EXTRAORDINÁRIOS. *Essa madrugada, por volta das três horas, os moradores do* quartier *de Saint-Roch foram acordados por uma sucessão de gritos terríveis, provindos, ao que parecia, do terceiro andar de uma residência na rua Morgue, que todos sabem ser ocupada apenas por certa madame L'Espanaye e sua filha, mademoiselle Camille L'Espanaye. Depois de algum atraso, devido a uma tentativa inútil de entrar na casa pelos meios normais, arrombou-se o portão de entrada com pé de cabra, e oito ou dez vizinhos entraram, acompanhados por dois gendarmes. Naquela altura os gritos tinham cessado, mas, quando o grupo subia o primeiro lanço de escada, ouviram-se duas ou mais vozes ásperas, em raivosa altercação, que pareciam vir da parte superior da casa. Quando o grupo chegou ao segundo patamar, também aqueles sons cessaram, e tudo mergulhou em perfeita calma. As pessoas se dividiram e correram a revistar cômodo a cômodo. Ao chegarem a um grande quarto na parte traseira da casa, no terceiro andar (cuja porta, que se encontrava fechada com a chave por dentro, foi arrombada), apresentou-se-lhes um espetáculo que inspirou a todos não apenas terror, mas estupefação.*

O aposento estava na mais terrível desordem — a mobília quebrada e jogada em todas as direções. Restava intacta apenas a armação de uma cama, cujo colchão fora retirado e jogado no meio do soalho. Numa cadeira se via uma navalha suja de sangue. Na lareira havia duas ou três mechas compridas e grossas, de cabelos humanos grisalhos, também encharcados de sangue e parecendo terem sido arrancados pelas raízes. No soalho, encontraram-se quatro napoleões, um brinco de topázio, três grandes colheres de prata, três menores de métal d'Alger *e duas bolsas, que continham cerca de quatro mil francos em moedas de ouro. As gavetas de um móvel que ficava a um canto estavam abertas e, pelo visto, haviam sido saqueadas, embora ainda contivessem muitos objetos. Achou-se um cofrinho de ferro sob a armação da cama (não sob o colchão),*

também aberto, com a chave ainda na fechadura. Nele só havia algumas cartas velhas e outros papéis sem importância.

Não havia nenhum sinal de madame L'Espanaye; mas, como se viu quantidade muito grande de fuligem na lareira, procedeu-se a uma busca na chaminé, e — coisa horrível de contar! — o cadáver da filha, de cabeça para baixo, foi puxado de seu interior; ele fora enfiado para cima, pela estreita abertura, até uma altura considerável. O corpo ainda estava quente. Ao examiná-lo, notaram-se muitas escoriações, sem dúvida provocadas pela violência com que fora impelido para cima e depois largado. O rosto estava marcado por fundos arranhões, e, na garganta, viam-se machucados escuros e cortes fundos de unha, como se a falecida tivesse sido estrangulada.

Depois de uma busca em cada canto da casa, sem que se fizessem novas descobertas, o grupo dirigiu-se a um pequeno quintal pavimentado nos fundos do edifício, onde jazia o cadáver da velha senhora, com tal corte na garganta que, quando se tentou levantá-lo, a cabeça se desprendeu e caiu. Tanto o corpo quanto a cabeça estavam horrivelmente mutilados — o primeiro de tal forma que dificilmente guardava alguma semelhança com um ser humano.

Acreditamos não existir ainda a menor pista para desvendar esse horrível mistério.

O jornal do dia seguinte trazia mais estas informações:

A TRAGÉDIA DA RUA MORGUE. *Muitos indivíduos foram interrogados a respeito desse pavoroso* affaire [palavra que, na França, ainda não adquiriu a leveza de significado que tem entre nós, anglófonos], *mas não se revelou nada que pudesse lançar luz sobre ele. Apresentamos abaixo os depoimentos colhidos.*

Pauline Dubourg, *lavadeira, declara que conhecia as duas vítimas havia três anos, pois lavou roupa para elas durante esse período. A velha senhora e a filha pareciam se dar muito bem.*

Mostravam-se muito afetuosas uma com a outra. Eram pontualíssimas no pagamento. Nada sabia sobre o modo nem o meio de vida das duas. Achava que madame L. ganhava a vida lendo a sorte das pessoas. Dizia-se que tinham dinheiro guardado. Nunca via ninguém na casa quando ia retirar ou devolver as roupas. Tinha certeza de que as duas não possuíam empregada doméstica. Ao que parecia, só o terceiro andar era mobiliado.

Pierre Moreau, *dono de tabacaria, declara que, por cerca de quatro anos, vendeu pequenas quantidades de tabaco e rapé à madame L'Espanaye. Nasceu no bairro e sempre residiu lá. A falecida e a filha moraram durante mais de seis anos na casa onde os corpos foram encontrados. Anteriormente, lá morava um joalheiro, que sublocava a várias pessoas as peças dos pavimentos superiores. A casa era de propriedade de madame L. Insatisfeita com o mau uso do edifício pelo locatário, ela se mudou para lá e recusou-se a alugar qualquer parte dele. A velha senhora era um tanto ingênua. A testemunha viu a filha umas cinco ou seis vezes durante os seis anos. As duas levavam vida muito reclusa, e dizia-se que tinham dinheiro. Ouvira dos vizinhos que madame L. lia a sorte, mas não acreditava nisso. Além da senhora e da filha, ele nunca viu ninguém entrar na casa, exceto um carregador, uma ou duas vezes, e um médico, umas oito ou dez vezes.*

Muitos outros vizinhos prestaram depoimentos nessa mesma linha. Ninguém afirmou ter frequentado a casa. Não se sabia se madame L. e a filha tinham parentes vivos. As venezianas das janelas da frente raramente se abriam. As de trás raramente eram fechadas, com exceção daquelas do quarto grande dos fundos, no terceiro andar. Tratava-se de uma casa boa, não muito velha.

Isidore Musèt, *gendarme, declarou que foi chamado à casa por volta das três da manhã e encontrou umas vinte ou trinta pessoas no portão, tentando entrar no edifício. Ele o abriu com uma baioneta, não com pé de cabra. Não lhe foi difícil abrir, por se tratar de um portão duplo ou* dobrável, que não era preso nem em cima nem embaixo. Os gritos continuaram até que se forçou o portão... e de repente eles cessaram. Pareciam gritos de uma pessoa (ou pessoas) em grande aflição: eram altos e prolongados, e não curtos e breves. A testemunha subiu as escadas à frente do grupo. Ao chegar ao primeiro patamar, ouviu duas vozes que discutiam raivosamente em altos brados — uma, rouca; a outra, muito mais estridente — uma voz muito estranha. Conseguiu distinguir algumas palavras ditas pela primeira voz, que era a de um francês. Tinha certeza de que não era uma voz feminina. Conseguiu distinguir as palavras sacré e diable. A voz estridente era de algum estrangeiro. Não saberia dizer ao certo se de homem ou de mulher. Não entendeu o que dizia, mas achava que falava em espanhol. A testemunha descreveu o estado em que se encontravam o quarto e os corpos nos mesmos termos que o fizemos aqui, na edição de ontem.

Henri Duval, vizinho das vítimas, prateiro de profissão, declarou ter sido um dos primeiros a entrar na casa. Em linhas gerais, corrobora o testemunho de Musèt. Depois de terem forçado a entrada, tornaram a fechar a porta, para manter lá fora a multidão que, apesar do adiantado da hora, logo se reunira. Ao ver dessa testemunha, a voz estridente era italiana. Tinha certeza de que não era francesa. Não podia dizer ao certo se era voz de homem. Talvez fosse de mulher. A testemunha não sabe italiano e não conseguiu distinguir as palavras. Estava convencida de que, pela entonação, tratava-se de alguém falando italiano. Conhecia madame L. e a filha. Conversava com ambas frequentemente. Tinha certeza de que a voz estridente não era de nenhuma das duas vítimas.

Odenheimer, proprietário de restaurante. Essa testemunha se apresentou espontaneamente para prestar depoimento. Como não fala francês, foi interrogado por meio de um intérprete. É natural de Amsterdã. Estava passando pela frente da casa na hora dos gritos. Eles se prolongaram por vários minutos — provavelmente uns dez. Eram longos e altos — pavorosos e aflitivos.

Odenheimer foi um dos que entraram no edifício. Confirmou todos os testemunhos anteriores, exceto um. Tinha certeza de que a voz estridente era de homem, de um francês. Não conseguiu distinguir as palavras que foram ditas. Pronunciadas em voz alta, de forma rápida e desigual, eram antes ásperas que agudas. A voz áspera disse, várias vezes, sacré e diable e, só uma vez, mon Dieu.

Jules Mignaud, banqueiro, da instituição Mignaud & Filho, rua Deloraine. Jules é o pai. Madame L'Espanaye tinha algumas posses. Abriu conta em seu banco na primavera de... [oito anos antes]. Fazia frequentes depósitos de pequenas quantias. Não efetuou nenhuma retirada até três dias antes de sua morte, quando sacou, pessoalmente, quatro mil francos. Essa soma, em ouro, foi levada à casa da senhora por um funcionário da firma.

Adolphe Le Bon, funcionário do Mignaud & Filho, declarou que na data em questão, por volta do meio-dia, acompanhou madame L'Espanaye a sua residência levando os quatro mil francos em duas bolsas. Quando a porta se abriu, mademoiselle L. aproximou-se e pegou de suas mãos uma das bolsas, e a velha senhora pegou a outra. Após o quê, ele fez uma mesura e partiu. Não viu ninguém na rua na ocasião. Era uma rua secundária transversal, muito deserta.

William Bird, alfaiate, declarou que estava entre os que entraram na casa. Ele é inglês e mora em Paris há dois anos. Foi um dos primeiros a subir a escada. Ouviu uma discussão acalorada. A voz áspera era de francês. Conseguiu distinguir várias palavras, mas não se lembra de todas. Ouviu claramente sacré e mon Dieu. Naquela altura, escutou um barulho de várias pessoas como se estivessem brigando. Barulho de luta corporal, rangidos. A voz aguda era muito alta — mais alta que a voz áspera. Tem certeza de que não era a voz de um inglês. Parecia ser a de um alemão. Podia ser voz de mulher. A testemunha não sabe alemão.

Quatro das testemunhas citadas, chamadas a fazer novo depoimento, afirmaram que a porta do quarto no qual se encontrou o corpo de mademoiselle L. estava fechada por dentro quando o grupo lá chegou. Tudo estava em perfeito silêncio — não se ouviam gemidos nem barulho algum. Quando forçaram a porta, não viram ninguém. As janelas, tanto do quarto da frente quanto do quarto dos fundos, estavam bem fechadas pelo lado de dentro. Uma porta entre os dois quartos estava fechada, mas não trancada. A porta do quarto da frente, que dava para o corredor, estava trancada, com a chave do lado de dentro. A porta de um pequeno quarto que havia na parte da frente da casa, no terceiro andar, ao fim do corredor, estava entreaberta. Esse quarto estava cheio de camas velhas, caixas e coisas do tipo. Elas foram cuidadosamente removidas e examinadas. Nem um centímetro da casa deixou de ser examinado cuidadosamente. As chaminés foram vasculhadas em todos os sentidos. A casa tem térreo mais três andares, com mansardas. Havia um alçapão no telhado, muito bem pregado, parecendo não ter sido aberto fazia muitos anos. Os depoimentos das testemunhas sobre o tempo decorrido entre a altercação ouvida e o arrombamento da porta foram muito discordantes. Alguns dizem que se passaram três minutos apenas. Segundo outros, foram cinco. A porta foi aberta com dificuldade.

Alfonzo Garcío, *agente funerário, declarou que reside na rua Morgue. É natural da Espanha. Estava entre os que entraram na casa. Não subiu as escadas. É nervoso e temeu que aquela agitação o perturbasse. Ouviu as vozes alteradas. A voz áspera era de um francês. Não conseguiu distinguir o que se disse. A voz aguda era de um inglês — tem certeza disso. Não entende inglês, mas percebeu isso pela entonação.*

Alberto Montani, *confeiteiro, declarou que foi um dos primeiros a subir a escada. Ouviu as vozes em questão. A voz áspera era de um francês. Distinguiu várias palavras. A pessoa que falava parecia fazer admoestações. Não conseguiu entender o que dizia a voz aguda. Esta era rápida e desigual. Acha que é a voz de um russo. Corrobora o testemunho geral. É italiano. Nunca conversou com um russo.*

Chamadas a prestar novo depoimento, várias testemunhas declararam que as chaminés de todos os aposentos do terceiro andar eram estreitas demais para permitir a passagem de um ser humano. Todas as chaminés da casa foram vasculhadas com longas escovas cilíndricas do tipo usado pelos limpa-chaminés. Não existe nenhuma passagem pela qual alguém pudesse ter descido enquanto o grupo subia as escadas. O corpo de mademoiselle L'Espanaye estava tão firmemente preso na chaminé que só pôde ser retirado quando quatro ou cinco pessoas uniram suas forças.

Paul Dumas, *médico, declarou que foi chamado para examinar os corpos por volta do amanhecer. Os dois jaziam no colchão no quarto onde mademoiselle L. foi encontrada. O cadáver da jovem estava cheio de equimoses e escoriações. O fato de ter sido empurrado chaminé acima bastava para explicar tantas escoriações. Além disso, havia muitas esfoladuras na garganta e arranhões profundos sob o queixo, mais uma série de marcas descoradas, sem dúvida resultantes de pressão de dedos. O rosto estava de uma palidez horrível, e os olhos, esbugalhados. Parte da língua estava cortada devido a uma mordida. Descobriu-se uma grande contusão na boca do estômago, produzida, ao que parecia, pela pressão de um joelho. Na opinião do dr. Dumas, mademoiselle L'Espanaye foi estrangulada por um ou mais desconhecidos. O cadáver da mãe estava horrivelmente mutilado. Todos os ossos da perna e do braço direito estavam quebrados, em maior ou menor grau. A tíbia e todas as costelas do lado esquerdo estavam estilhaçadas. Todo o corpo estava horrivelmente descorado e machucado. Era impossível dizer como se infligiram aqueles danos. Um porrete, uma grande barra de ferro, uma cadeira — qualquer arma grande, pesada e contundente poderia produzir tais danos, se manejada pelas mãos de um homem muito forte. Nenhuma mulher poderia ter dado golpes como aqueles, independentemente de que arma usasse. Segundo as testemunhas, a cabeça da morta, também horrivelmente machucada, estava de todo separada do corpo. Era evidente que o pescoço fora cortado com um instrumento afiadíssimo — provavelmente navalha.*

Alexandre Étienne, *cirurgião, foi chamado, junto com o dr. Dumas, para examinar o corpo. Corroborou o testemunho do dr. Dumas.*

Embora se tenham interrogado muitas outras pessoas, não se descobriu mais nada de importante. Nunca se cometeu em Paris um assassinato tão misterioso e tão desconcertante, em todos os seus aspectos — se é que se trata mesmo de um assassinato. A polícia está totalmente às escuras — coisa muito rara em casos desse tipo. Não se vislumbra, contudo, nem a sombra de uma pista.

A edição vespertina do jornal informava que ainda havia grande agitação no *quartier* de Saint-Roch, que se fizeram novas buscas no local em questão e que se interrogaram outra vez as testemunhas, mas tudo em vão. Um pós-escrito, porém, informava que Adolphe Le Bon fora detido e encarcerado — embora nada além dos fatos já relatados o incriminasse.

Dupin ficou muitíssimo interessado no caso — foi o que me pareceu pelas suas atitudes, pois ele nada comentou. Só depois que se noticiou a prisão de Le Bon ele pediu minha opinião a respeito dos assassinatos.

Não pude senão concordar com toda a cidade de Paris, considerando-os um mistério insolúvel. Eu não via a mínima possibilidade de que se descobrisse o assassino.

— Não devemos avaliar as chances de encontrá-lo — disse Dupin — com base em interrogatórios tão superficiais. A polícia de Paris, tão elogiada por sua sagacidade, é arguta, mas não passa disso. Em suas diligências, não há nenhum método, a não ser o que resulta da improvisação. Eles exibem uma longa série de medidas, mas, não raro, estas se prestam tão mal aos objetivos que nos fazem lembrar monsieur Jourdain ao pedir seu *robe-de-chambre, pour mieux entendre la musique*.[5] Os resultados por eles obtidos não raro são surpreendentes, mas, em sua maioria, derivam de simples diligência e aplicação. Quando essas qualidades em nada resultam, seus intentos fracassam. Vidocq, por exemplo, era um sujeito muito intuitivo e perseverante[6]. Mas, como seu pensamento não tinha nenhuma disciplina, errava continuamente devido à própria intensidade de suas investigações. Ele estorvava a própria visão mantendo o objeto de seu exame perto demais. Talvez enxergasse uma ou duas coisas com clareza extraordinária. Assim fazendo, porém, perdia a visão do todo. É o que acontece quando se quer ir fundo demais. A verdade nem sempre se encontra no fundo de um poço. Na realidade, o conhecimento que mais importa é sempre superficial. A profundidade é própria dos vales onde a procuramos, e não dos cumes das montanhas, onde ela se acha. Os modos e fontes desse tipo de erro ficam bem patentes quando contemplamos os corpos celestes. Olhar uma estrela de viés, captando sua imagem nas partes periféricas da retina (mais sensíveis a impressões luminosas fracas que a parte mais central), é observar a estrela de forma distinta

[5] "[Pedir] seu roupão para melhor ouvir a música." Citação da comédia O *burguês fidalgo*, de Molière. (N.T.)

[6] Eugène François Vidocq (1775-1857), fundador e primeiro diretor da Sûreté, a Polícia Civil de Paris. (N.E.)

— é ter melhor avaliação de seu brilho — um brilho que se vai se empanando na mesma medida em que nele concentramos nossa visão. Nesse último caso, maior número de raios alcança nosso olho; no primeiro, contudo, tem-se maior capacidade de compreensão. Uma profundidade despropositada nos desconcerta e nos debilita o raciocínio; é possível até fazer o próprio planeta Vênus desaparecer do firmamento, se o perscrutamos de forma por demais demorada, concentrada ou direta.

— No que tange a esses assassinatos — prosseguiu ele —, temos de fazer nossas próprias investigações antes de emitir alguma opinião. Uma investigação vai nos proporcionar divertimento [achei esse termo muito estranho no contexto, mas não disse nada], e, além disso, devo a Le Bon um favor pelo qual me sinto muito grato. Vamos examinar o local com nossos próprios olhos. Eu conheço G., o chefe de polícia de Paris, e não me será difícil conseguir a necessária permissão.

Obtida a permissão, rumamos imediatamente para a rua Morgue. É uma das artérias miseráveis situadas entre a rua Richelieu e a rua Saint-Roch. Como o bairro fica muito longe do lugar onde residíamos, chegamos lá no final da tarde. Foi fácil encontrar a casa, pois ainda havia gente na calçada oposta, olhando com curiosidade despropositada para as janelas fechadas. Era uma casa parisiense comum, com entrada principal e, ao lado, um cubículo com vidraça corrediça, indicando uma *loge de concierge.* Antes de entrarmos na casa, subimos a rua, dobramos numa viela e, depois de termos dobrado mais uma vez, passamos

por trás do edifício. Durante o percurso, Dupin examinou toda a redondeza e a casa com uma atenção acuradíssima, para a qual eu não via nenhum objeto.

Voltando sobre nossos passos, tornamos à frente da residência, tocamos a campainha e, tendo mostrado nossas credenciais, fomos admitidos pelos policiais que estavam de serviço. Subimos as escadas e entramos no quarto onde o corpo de mademoiselle L'Espanaye fora encontrado e onde ambos os cadáveres ainda jaziam. Como era de esperar, o quarto estava no mesmo estado de desordem. Não vi nada além do que já fora descrito pela *Gazette des Tríbunaux.* Dupin examinava tudo com atenção, inclusive os corpos das vítimas. Entramos nos outros aposentos e passamos ao quintal, sempre acompanhados por um gendarme. Essas observações se prolongaram até o anoitecer, quando então fomos embora. A caminho de casa, meu companheiro parou por um instante na redação de um dos jornais diários.

Eu já disse que os caprichos de meu amigo eram diversos e que eu sabia como lidar com eles. No estado de espírito em que se encontrava, ele evitou conversar sobre o assassinato até o meio-dia do dia seguinte. Então, de repente, perguntou-me se eu notara alguma coisa *estranha* na cena da atrocidade.

Alguma coisa na maneira com que enfatizou a palavra *estranha* me fez estremecer, sem saber por quê.

— Não, nada de *estranho* — respondi. — Pelo menos, nada além do que ambos já havíamos lido no jornal.

—Receio que a *Gazette* — replicou ele — não tenha captado o horror extraordinário da coisa. Mas deixemos de lado as vãs opiniões dessa publicação.

Parece-me que esse mistério é considerado insolúvel pela mesma razão que ele poderia ser considerado de fácil solução. Digo isso por seu caráter *outré*. A polícia está perplexa ante a aparente ausência de motivo — não para o assassinato, mas para a atrocidade com que foi cometido. Eles estão desconcertados, também, com a aparente impossibilidade de conciliar as vozes exaltadas com o fato de não terem encontrado ninguém no pavimento superior, além do cadáver de mademoiselle L'Espanaye, quando não havia possibilidade de alguém sair sem ser notado pelo grupo que subia as escadas. A tremenda desordem do quarto; o cadáver metido de cabeça para baixo na chaminé; a pavorosa mutilação do corpo da velha senhora — essas considerações, mais as que fizemos ainda há pouco e outras que nem é preciso mencionar, bastaram para paralisar as autoridades, deixando completamente neutralizada a propalada *sagacidade* dos agentes do governo. Eles incorreram no erro grosseiro, mas comum, de confundir o invulgar com o incompreensível. No entanto, é por esses desvios da trilha comum que a razão encontra seu caminho para a verdade, quando o encontra. Em investigações como esta que estamos fazendo, devemos perguntar não tanto "o que aconteceu", mas antes "o que aconteceu que nunca havia acontecido antes". Na verdade, a facilidade com que vou chegar, ou já cheguei, à solução do mistério é diretamente proporcional à aparente insolubilidade dele aos olhos da polícia.

Olhei, mudo de espanto, para Dupin

— Agora estou esperando — continuou ele, olhando para a porta de nosso apartamento —, agora estou esperando alguém que, embora talvez não seja o autor da carnificina, deve de certo modo estar implicado nela. Tal pessoa deve ser inocente da parte mais hedionda desses crimes. Espero que essa minha suposição esteja certa, pois foi nela que baseei minha esperança de decifrar todo o enigma. Espero que esse homem chegue aqui a qualquer momento. É verdade que talvez não venha, mas o mais provável é que venha, sim. Se ele vier, será preciso detê-lo. Aqui temos pistolas; e ambos saberemos usá-las quando isso se fizer necessário.

Sem saber ao certo o que eu fazia e mal acreditando no que ouvia, peguei as pistolas enquanto Dupin continuava falando, como se para si mesmo. Já falei de sua tendência a abstrair-se nesse tipo de situação. Suas palavras eram dirigidas a mim. Contudo, embora ele não falasse nem um pouco alto, elas tinham aquela entonação que normalmente se usa quando se fala com alguém de uma grande distância. Seus olhos, vazios de expressão, fitavam apenas a parede.

— Aquelas vozes que altercavam — disse ele —, ouvidas pelo grupo que subia as escadas, não eram das próprias mulheres, como ficou cabalmente demonstrado pelos indícios coletados. Isso descarta a possibilidade de a velha senhora ter eliminado a própria filha e, em seguida, se matado. Toco nesse assunto principalmente por questão de método; isso porque madame L'Espanaye jamais teria tido forças para enfiar o cadáver da filha chaminé adentro, onde ele foi encontrado; e a natureza dos ferimentos no próprio corpo da mãe descarta a possibilidade de suicídio. Assim sendo, o assassinato foi cometido por terceiros, e as vozes exaltadas também eram desses terceiros. Agora, permita-me chamar-lhe a atenção não para o teor dos testemunhos a respeito dessas vozes, mas para o que havia de *estranho* nesses testemunhos. Você notou neles alguma coisa *estranha*?

— Observei que, embora as testemunhas concordassem em atribuir a voz áspera a um francês, houve muita discordância em relação à voz aguda ou, como disse uma delas, estridente.

— Isso diz respeito aos fatos — disse Dupin —, mas não às peculiaridades deles. Você não observou nada característico. Não obstante, *havia* algo a observar. Como você notou, as testemunhas foram unânimes na identificação da voz áspera; no que tange à voz aguda, porém, a particularidade está não na discordância entre os depoimentos, mas no fato de que, quando um italiano, um inglês, um espanhol, um holandês e um francês tentaram descrevê-la, afirmaram todos tratar-se da voz de *um estrangeiro.* Todos tinham certeza de que não era a voz de um conterrâneo deles. Cada um a compara não à voz de um indivíduo cuja língua conhece, mas exatamente ao contrário. O francês supõe tratar-se da voz de um espanhol, e "talvez tenha reconhecido algumas palavras *que ele conhecia do espanhol*". O holandês garante que era a voz de um francês, mas lê-se também que, "como não sabia francês, essa testemunha foi interrogada por meio de um intérprete". O inglês pensa tratar-se da voz de um alemão, "e não sabe alemão". O espanhol "tem certeza" de que a voz era de um inglês, mas "julga apenas pela entonação, *pois não tem conhecimento de inglês*". O italiano acha que a voz é de um russo, "*mas nunca conversou com alguém nascido na Rússia*". Além disso, outro francês discorda do primeiro e afirma categoricamente que a voz era de um italiano; mas, "*como não conhece a língua italiana,* chegou a essa conclusão com base na entonação". Assim, quão estranhamente diferente deve ser uma voz capaz de inspirar tais depoimentos, uma voz em cuja entonação pessoas oriundas das cinco grandes divisões da Europa nada conseguiram reconhecer de familiar! Você pode dizer que talvez se tratasse da voz de um asiático ou de um africano. Existem poucos asiáticos e poucos africanos em Paris; contudo, sem refutar a inferência, vou agora chamar sua atenção apenas para três questões. Uma das testemunhas classifica a voz como "antes áspera que estridente". Duas outras a descrevem como "rápida e desigual". Nenhuma testemunha afirmou ter distinguido com clareza, naquela voz estridente, palavras nem sons parecidos com palavras.

— Eu não sei — continuou Dupin — que impressão essas considerações lhe causaram até aqui, mas não hesito em afirmar que deduções legítimas, derivadas dessa parte dos testemunhos — a parte referente às vozes ásperas e às estridentes —, são por si sós suficientes para nos levar a uma suposição capaz de orientar doravante toda a investigação do mistério. Eu disse deduções legítimas, mas isso não exprime cabalmente o que quero dizer. Quero dizer que essas deduções são as *únicas* admissíveis e que a suposição deriva *inevitavelmente* delas, sem alternativa possível. Ainda não vou revelar, porém, a que suposição me refiro. Quero apenas que você tenha em mente que, para mim, ela foi convincente o bastante para orientar a maneira que conduzi as investigações no aposento.

— Vamos nos transportar, imaginariamente, para aquele quarto. O que devemos procurar primeiro aqui? Os meios de que se valeram os assassinos para sair. Não é despropositado afirmar que nenhum de nós acredita em acontecimentos sobrenaturais. Madame e mademoiselle L'Espanaye não foram mortas por fantasmas. Os crimes foram cometidos por seres concretos, que escaparam por meios concretos. Mas como? Felizmente, só existe uma maneira de raciocinar sobre essa questão, e tal maneira *deve* nos levar a uma conclusão determinada. Vamos examinar, um a um, os possíveis meios de evasão. É evidente que, quando o grupo subia as escadas, os assassinos estavam no quarto onde mademoiselle L'Espanaye foi encontrada, ou pelo menos no quarto contíguo. Assim sendo, só teremos de procurar saídas nesses dois aposentos. A polícia pôs a descoberto os pisos, os tetos e a alvenaria das paredes, de ponta a ponta. Nenhuma saída secreta poderia ter escapado ao rigoroso exame dos policiais. Mas, como não confio nos olhos *deles,* fiz minha própria vistoria e não descobri nenhuma saída secreta. Ambas as portas dos aposentos que davam acesso ao corredor estavam muito bem trancadas, com as chaves do lado de dentro. Voltemo-nos agora para as chaminés. Estas, embora de largura comum até uma altura de dois e meio a três metros, não permitiriam, em toda a sua extensão, a passagem nem mesmo de um gato corpulento. Sendo, portanto, absoluta a impossibilidade de evasão pelos meios já examinados, restam-nos apenas as janelas. Ninguém poderia escapar pelas janelas do quarto da frente sem ser visto pela multidão que se encontrava na rua. Os assassinos teriam de passar, *necessariamente*, pelas janelas do quarto dos fundos. Agora, tendo chegado a essa conclusão de maneira tão inequívoca, não nos cabe, como analistas, deixá-la de lado em razão de impossibilidades aparentes. Só nos resta demonstrar que essas "impossibilidades" não o são na verdade.

— Há duas janelas de guilhotina no quarto — continuou ele. — Uma está desimpedida de móveis e é totalmente visível. A parte mais baixa da outra fica escondida atrás da cabeceira de uma pesada cama que está praticamente colada a ela. A primeira estava bem trancada por dentro e resistiu aos ingentes esforços que se fizeram para levantá-la. Havia um buraco feito com pua no lado esquerdo do caixilho, e nesse buraco se encaixava, quase até a cabeça, um prego muito resistente. Examinando-se a outra janela, viu-se um prego fixado da mesma maneira; tentou-se também levantá-la usando-se de igual energia, mas em vão. A polícia então se convenceu de que não havia evasão possível por nenhuma das janelas; por isso, julgou inútil retirar os pregos e abri-las.

— O exame que fiz — prosseguiu Dupin — foi um pouco mais minucioso, e isso pela razão que há pouco lhe apresentei: é possível demonstrar que o que parece impossível na verdade não o é. *A posteriori*, comecei a pensar o seguinte: os assassinos escaparam, *sem dúvida,* por uma daquelas janelas. E, sendo assim, eles não poderiam ter tornado a fechá-las por dentro, da maneira que foram encontradas. Essa consideração fez com que a polícia encerrasse suas investigações no local. Não obstante, as janelas de guilhotina estavam mesmo fechadas. A única possibilidade era que se tivessem fechado por si mesmas.

Não havia como escapar a essa conclusão. Aproximei-me da janela desobstruída, retirei o prego com certa dificuldade e tentei abri-la. Como eu já esperava, ela resistiu a todos os meus esforços. Concluí então que devia haver uma mola oculta, e a confirmação de minha hipótese me convenceria de que pelo menos meus pressupostos estavam corretos, apesar do mistério que ainda envolvia a questão dos pregos. Uma busca atenta logo revelou a mola oculta. Eu a pressionei e, satisfeito com a descoberta, abstive-me de levantar a janela.

— Recoloquei então o prego — prosseguiu — e observei-o com atenção. Alguém que tivesse passado por aquela janela poderia ter tornado a fechá-la, pois a mola funcionaria automaticamente — mas o prego não podia ter sido recolocado. A conclusão era simples e, mais uma vez, reduzia o campo de minhas investigações. Os assassinos só podiam ter escapado pela outra janela. Supondo, então, que as molas das duas janelas fossem iguais, como era provável, tinha de haver uma diferença entre os pregos, ou pelo menos no modo que estavam fixados. Aproximei-me da janela que estava parcialmente oculta pela cama e, por cima da cabeceira, examinei-a com atenção. Logo descobri e pressionei a mola, que, como imaginei, era igual à primeira. Observei então prego. Era tão rijo quanto o outro e, aparentemente, estava fixado da mesma maneira — enterrado quase até a cabeça.

— Talvez você diga que fiquei perplexo — comentou ele. — Se o fizer, porém, terá entendido mal a natureza de minhas induções. Em nenhum momento cometi falha. Nem por um instante perdi a pista. Não faltava nenhum elo na cadeia. Rastreara o segredo até seu último reduto, e esse último reduto era *o prego*. Ele se parecia em tudo com o prego da outra janela, mas tal fato (por mais conclusivo que pudesse parecer) nada representava para mim se comparado à circunstância de que ali, naquele ponto, se encontrava o fio da meada. "Deve haver algo errado com esse prego", pensei. Toquei-o, e a cabeça, juntamente com meio centímetro de seu comprimento, soltou-se entre meus dedos. O resto do prego ficou no buraco aberto à pua, ali onde ele fora quebrado. A fratura era antiga, como se podia concluir pela ferrugem que se acumulara nas suas bordas, e essa quebra, aparentemente, resultou de uma martelada que afundou parte da cabeça do prego na guarnição da janela. Com todo o cuidado, recoloquei a cabeça do prego na reentrância de onde a retirara, e a semelhança com um prego intato era completa: não se percebia a fenda. Apertei a mola e levantei devagar a janela alguns centímetros; a cabeça do prego se ergueu junto com ela, permanecendo firme onde se encontrava. Fechei a janela, e o prego não mostrava o menor sinal de que estava quebrado.

Até aí, o enigma estava resolvido. O assassino fugira pela janela aonde a cama estava encostada. Tendo a janela caído por si mesma depois da saída dele (ou talvez sido fechada pelo próprio), ficou presa pela mola. A polícia, entretanto, supôs que a janela estava presa pelo prego e julgou desnecessário proceder a novas investigações.

— O problema seguinte era descobrir como o assassino conseguira descer do quarto. Quanto a isso, a volta que dei em torno do edifício me propiciou uma explicação satisfatória. A aproximadamente um metro e setenta da janela, passa o cano de um para-raios. Desse cano seria impossível a qualquer pessoa alcançar a janela, quanto mais entrar por ela. Observei, porém, que as venezianas do terceiro andar eram de um tipo especial que os carpinteiros de Paris denominam *ferrades* — um tipo que, embora muito raro atualmente, se vê bastante em mansões muito antigas de Lyon e de Bordéus. Elas têm a forma de uma porta comum (simples, não dupla), salvo pelo fato de que a metade inferior é de madeira trançada ou gelosia, que oferece excelente apoio para as mãos. No presente caso, as venezianas têm bem um metro de largura. Quando as vimos dos fundos da casa, elas estavam meio abertas, isto é, formavam ângulos retos com a parede. É provável que os policiais, assim como eu, tenham examinado a parte de trás do imóvel; se o fizeram, porém, olhando aquelas *ferrades* no sentido da largura (como devem tê-lo feito), não notaram sua verdadeira largura, ou, em todo caso, não lhe deram a devida importância. Na verdade, tendo se convencido de que ninguém poderia evadir-se por ali, naturalmente fizeram uma vistoria muito superficial. Para mim, contudo, era claro que a veneziana da janela meio obstruída pela cama, se empurrada em direção à parede, ficaria a uns sessenta centímetros do cano do para-raios. Era também evidente que, valendo-se de energia, agilidade e coragem extraordinárias, seria possível conseguir entrar na janela a partir do cano. Cobrindo a distância de setenta e cinco centímetros (agora supomos que a gelosia estava totalmente aberta), um ladrão poderia agarrar-se firmemente à treliça. Soltando, então, o cano do para-raios, apoiando os pés firmemente na parede e impulsionando ousadamente a gelosia, ele podia fechá-la e até mesmo, supondo-se que a janela estava aberta naquele momento, precipitar-se no quarto.

Dupin continuou:

— Quero que atente especialmente para o fato de que só uma agilidade extraordinária garantiria o sucesso de um feito tão difícil e arriscado. Desejo lhe mostrar, em primeiro lugar, que esse desafio podia ser vencido; mas, em segundo lugar, e *principalmente*, quero que atente para o caráter verdadeiramente *extraordinário,* quase sobrenatural, da agilidade requerida para a realização desse feito.

A argumentação continuou:

— Com certeza você haverá de dizer que, para defender a minha tese, eu deveria antes subestimar que superestimar o esforço físico requerido por tal ação. Isso deve ser corrente no âmbito da lei, mas não no âmbito da razão. Eu busco apenas a verdade. Meu objetivo imediato é fazer com que você justaponha o *extraordinário* vigor físico de que acabo de falar ao caráter absolutamente *singular* da voz aguda (ou áspera) e *desigual,* sobre cuja nacionalidade não houve consenso nem entre duas pessoas e em cuja articulação não se detectou silabação alguma.

A essas palavras, uma ideia vaga e incompleta do que Dupin queria me dizer perpassou-me a mente. Eu parecia estar a um passo da compreensão, mas sem poder compreender — a gente, às vezes, sente-se prestes a se lembrar de alguma coisa, mas termina por se revelar incapaz de lembrar-se. Meu amigo prosseguiu em sua exposição:

— Você terá percebido que passei da questão de saber como se entrou para a de saber como se saiu. Pretendo demonstrar que a entrada e a saída se deram da mesma maneira e pelo mesmo lugar. Voltemos agora ao interior do quarto. Vamos ver em que estado as coisas se encontram. Embora muitas peças de vestuário permanecessem nas gavetas, disseram que o móvel foi saqueado. Essa conclusão é absurda, não passa de mera suposição — bastante estúpida, aliás — e nada mais. Como podemos saber se as peças encontradas nas gavetas não eram todas as que já lá se encontravam? Madame L'Espanaye e a filha viviam muito isoladas, não recebiam nem faziam visitas, raramente saíam de casa. Não precisavam, pois, de muitas peças de vestuário. As que foram encontradas eram pelo menos de tão boa qualidade quanto se supõe que essas senhoras deviam possuir. Se um ladrão tivesse levado alguma, por que não levou as melhores, ou por que não levou todas? Em suma, por que largou quatro mil francos e saiu carregando uma trouxa de roupas íntimas? O *ouro* ficou para trás. Quase a totalidade da quantia mencionada por monsieur Mignaud, o banqueiro, foi encontrada no chão, guardada em bolsas. Assim sendo, sugiro que você descarte a ideia de que o crime foi *motivado* pelo dinheiro, ideia absurda, gestada na cabeça dos policiais com base na informação de que o dinheiro tinha sido entregue na porta da casa. Coincidências dez vezes mais notáveis do que essa (a entrega do dinheiro e o assassinato, três dias depois, das pessoas que o receberam) acontecem a todo instante em nossas vidas, sem que recebam a mínima atenção. Em geral, as coincidências são grandes estorvos para essa classe de pensadores que foram educados para ignorar totalmente a teoria das probabilidades — teoria à qual muito devem as mais extraordinárias conquistas da pesquisa humana e seus mais gloriosos feitos. No presente caso, se o ouro houvesse desaparecido, o fato de ter sido entregue três dias antes constituiria algo mais do que mera coincidência. Ele serviria para corroborar a tese de ter sido o ouro o motivo do crime. Considerando-se, porém, as circunstâncias objetivas do caso, se imaginarmos ser o ouro a razão do crime, temos de imaginar também o criminoso como um idiota indeciso a ponto de abandoná-lo, o que significava ainda abandonar o motivo de sua ação.

— Tendo sempre em mente os aspectos sobre os quais acabo de chamar sua atenção — isto é, a voz estranha, a agilidade extraordinária e a espantosa ausência de motivo num assassinato tão singularmente atroz —, passemos agora à análise da própria carnificina. Aqui, temos uma mulher estrangulada até a morte pela força manual e enfiada de cabeça para baixo numa chaminé. Assassinos comuns não usam métodos como esses; tampouco dispõem os corpos de suas vítimas dessa maneira. Na forma que o corpo foi enfiado chaminé acima, você há de convir que existe algo excessivamente *outré* — algo absolutamente incompatível com nossas concepções de atos humanos, ainda que suponhamos terem sido os perpetradores os mais perversos dos homens. Considere, também, a força extraordinária que é capaz de enfiar um corpo naquela abertura, a ponto de os esforços somados de várias pessoas mal terem conseguido puxá-lo *para baixo!*

— Voltemo-nos agora para outras indicações do uso de uma força absolutamente excepcional — prosseguiu meu interlocutor. — Na lareira, havia mechas volumosas — muito volumosas — de cabelos humanos grisalhos. Elas foram arrancadas pelas raízes. Ora, você está ciente da grande força necessária para arrancar da cabeça mesmo vinte ou trinta fios de cabelos juntos. Tanto quanto eu, você viu os molhos de cabelos em questão. As raízes (uma visão pavorosa!) estavam cobertas de fragmentos de carne do couro cabeludo — sinal inequívoco da prodigiosa força empregada para arrancar pela raiz talvez meio milhão de cabelos ao mesmo tempo. A garganta da velha senhora não foi apenas cortada: a cabeça foi totalmente separada do corpo, e o instrumento foi uma simples navalha. Quero que você considere a *brutal* ferocidade dessas ações. Dos ferimentos no corpo de madame L'Espanaye nem é preciso falar. O dr. Dumas e o cirurgião-barbeiro Étienne, seu digno auxiliar, afirmaram terem sido provocados por algum instrumento contundente; até aí, esses senhores estão cobertos de razão. O instrumento contundente foi com certeza a pedra do pavimento do quintal, em que a vítima caiu daquela janela junto à qual se encontrava a cama. Essa ideia, porém, por mais simples que possa parecer, escapou aos policiais, pela mesma razão que a largura das gelosias lhes escapou: porque, em vista dos pregos, a percepção deles tinha excluído mesmo a mais remota possibilidade de as janelas terem sido abertas.

— Se agora — continuou meu amigo —, além de todas essas coisas, você chegou a refletir sobre a estranha situação de desordem em que o quarto se encontrava, chegamos à combinação de uma agilidade desconcertante, uma força sobre-humana, uma ferocidade brutal, uma carnificina sem motivo, uma *grotesquerie* horrorosa, totalmente estranha à humanidade, e uma voz cujo tom pareceu estranho aos ouvidos de homens de muitas nações, além de ser destituída de qualquer silabação que se pudesse distinguir. O que se pode concluir daí? Que impressão causei em sua imaginação?

Senti um arrepio no corpo quando Dupin me fez aquela pergunta.

— Um louco — respondi — foi o responsável por isso, um louco furioso fugido de um hospício das redondezas.

— Em alguns aspectos — tornou ele —, sua ideia não é descabida. Mas a voz de loucos, mesmo em seus mais extremos paroxismos, parece não quadrar com a estranha voz ouvida nas escadas. Os loucos pertencem a algum país, e sua linguagem, por mais incoerentes que sejam suas palavras, tem sempre a coerência da silabação. Ademais, os cabelos de um louco não são como estes que tenho aqui na mão. Retirei esta pequena mecha de entre os dedos enrijecidos de madame L'Espanaye. Diga-me o que se pode concluir disto.

— Dupin! — exclamei, extremamente assustado. — Esse cabelo é estranhíssimo... não se trata de cabelo *humano!*

— Eu não afirmei que era — disse ele. — Antes, porém, de decidir quanto a esse ponto, quero que você examine o pequeno esboço que fiz neste papel. É um desenho fac-similar do que foi descrito em certo trecho de um depoimento como "equimoses escuras e ferimentos profundos causados por unhas" na garganta de mademoiselle L'Espanaye, e, em outro depoimento (do dr. Dumas e do barbeiro Étienne), como "uma série de marcas descoradas, sem dúvida resultantes de pressão de dedos".

— Certamente você há de notar — continuou meu amigo, estirando o papel sobre a mesa à nossa frente — que este desenho dá a ideia de uma pressão firme e enérgica. Não há o menor indício de *deslizamento.* Cada dedo manteve, até a morte da vítima, a terrível pressão com que se cravou na carne desta. Agora tente colocar todos os seus dedos, ao mesmo tempo, nas respectivas impressões, da forma que você as vê agora.

Tentei fazer o que Dupin pediu, mas em vão.

— É possível que não estejamos fazendo a experiência da forma correta — disse ele. — O papel está estendido numa superfície plana, ao passo que a garganta humana é cilíndrica. Aqui você tem um pedaço de lenha cuja circunferência é mais ou menos a mesma de uma garganta. Envolva o desenho nela e tente de novo.

Tentei, mas a dificuldade foi ainda mais evidente do que antes.

— Isto — disse eu — não é marca de mão humana.

— Agora leia — disse Dupin — esta passagem de Cuvier [7].

Tratava-se de uma minuciosa descrição anatômica do grande orangotango-fulvo das ilhas das Índias Orientais. A enorme estatura, a prodigiosa

[7] Georges Cuvier (1769-1832), naturalista e zoólogo francês. (N.E.)

força e agilidade, a tremenda ferocidade e a tendência imitativa desses mamíferos são bastante conhecidas de todos. Compreendi de imediato o imenso horror da matança.

— A descrição dos dedos — comentei eu ao final da leitura — corresponde perfeitamente ao que se vê neste desenho. Entendo que nenhum animal senão um orangotango da espécie aqui descrita poderia ter produzido marcas como as que você desenhou. Esse tufo de pelos fulvos também corresponde aos do animal descrito por Cuvier. Mas não consigo entender os pormenores desse terrível mistério. Ademais, havia duas vozes em altercação, e uma delas era sem dúvida a de um francês.

— É verdade. E você há de lembrar uma expressão atribuída quase unanimemente a tal voz, a expressão *mon Díeu!*. Isso, naquelas circunstâncias, foi classificado, com razão, por uma testemunha (Montani, o confeiteiro), como expressão de protesto ou admoestação. Nessas duas palavras, portanto, baseei minha esperança de uma completa solução do enigma. Um francês teve ciência do assassinato. É possível — na verdade, é muito mais que provável — que ele seja inocente de qualquer participação na carnificina. O orangotango pode ter escapado dele. O homem o seguiu até o quarto. Mas, dada toda a confusão que se seguiu, ele não conseguiu recapturá-lo. O animal ainda está à solta. Não vou prosseguir em minhas conjecturas — pois não posso considerá-las mais do que isso —, visto que as sombras de reflexão sobre as quais se baseiam não têm fundamento suficiente para que sejam validadas por meu próprio intelecto, e eu não poderia ter a pretensão de fazê-las inteligíveis a outrem. Chamemo-las, pois, de conjecturas, e vamos considerá-las partindo desse pressuposto. Se o francês em questão é de fato, como suponho, inocente dessa atrocidade, o anúncio que noite passada, quando voltávamos para casa, deixei na redação do *Le Monde* (um jornal que trata de assuntos de navegação mercante e é muito procurado por marinheiros) fará com que venha à nossa residência.

Ele me passou um jornal, e li o seguinte:

CAPTURADO *no Bois de Boulogne, na manhã do dia...* [o dos assassinatos] *do corrente mês, um enorme orangotango-fulvo da espécie de Bornéu. Seu proprietário (que se presume ser marinheiro de algum navio maltês) pode reaver o animal, desde que o identifique de modo satisfatório e pague certa soma por conta da captura e manutenção. Comparecer à rua..., número..., faubourg Saint-Germain, terceiro andar.*

— Como lhe é possível — perguntei — saber tratar-se de um marinheiro pertencente a um navio maltês?

— Eu *não* o sei — disse Dupin. — Não tenho certeza disso. Não obstante, eis aqui uma pequena fita que, por sua forma e sua aparência ensebada, com certeza foi usada para amarrar o cabelo num desses rabos de cavalo que os marinheiros tanto apreciam. Além disso, este nó é de um tipo que pouca gente, além de marinheiros, sabe fazer, e é tipicamente maltês. Recolhi esta fita ao pé do cano do para-raios. Ela não pode ter pertencido a nenhuma das falecidas. Mas, se no final de contas eu me tiver enganado em minha indução de que o francês era marinheiro de um navio maltês, não terá havido nenhum inconveniente em mencionar isso no anúncio. Se eu estiver errado, ele simplesmente haverá de supor que me deixei iludir por alguma circunstância, a qual o homem não se preocupará em investigar. Se eu estiver certo, porém, terei conseguido uma grande vantagem. Embora sabendo ser inocente do assassinato, o francês naturalmente hesitará em, atendendo ao anúncio, vir em busca do orangotango. Ele terá o seguinte raciocínio: "Sou inocente. Sou pobre. Meu orangotango é muito valioso. Para alguém de minha condição, vale muito dinheiro. Assim sendo, por que eu haveria de perdê-lo pela vã suposição de perigo? Lá está ele ao meu alcance. Foi encontrado no Bois de Boulogne, que fica a grande distância do local da carnificina. Como se poderia ao menos supor que ela foi perpetrada por um animal? A polícia está totalmente às escuras, não conseguiu descobrir nem a mínima pista. Ainda que pudesse encontrar o animal, seria impossível provar que eu sabia da matança ou me considerar culpado por estar ciente dela. E, além de tudo mais, *já sabem quem sou.* Quem pôs o anúncio se refere a mim como o proprietário do animal. Não sei até que ponto ele tem conhecimento dos fatos. Se eu não for reclamar a propriedade de tão grande valor, que se sabe pertencer a mim, o animal poderá, no mínimo, cair sob suspeita. Não pretendo chamar a atenção nem sobre mim, nem sobre o animal. Vou atender ao anúncio, recuperar o orangotango e mantê-lo preso até a poeira baixar".

Naquele instante, ouvimos passos nas escadas.

— Mantenha as pistolas à mão — disse Dupin —, mas não as use nem as mostre até que eu faça sinal.

O portão de entrada do edifício fora deixado aberto. O visitante entrou sem tocar a campainha e subiu vários degraus da escada. Agora, contudo, parecia hesitar. Então o ouvimos descer. Dupin estava avançando rapidamente para a porta quando o ouvimos recomeçar a subir. Ele não recuou uma segunda vez: avançou a passos firmes e bateu à porta.

— Entre — disse Dupin, em tom alegre e amistoso.

Um homem entrou: era evidente tratar-se de um marinheiro — uma pessoa alta, forte e musculosa, com certa expressão de arrogância não de todo desagradável. Mais da metade do rosto, muito queimado de sol, escondia-se por trás de suíças e bigode. Trazia consigo um enorme porrete de carvalho, mas não parecia portar outra arma. Fez uma mesura um tanto desajeitada e nos disse boa-tarde com inflexão francesa, embora com um sotaque que, apesar de lembrar o de Neuchâtel, não deixava dúvida quanto a sua origem parisiense.

— Sente-se, meu amigo — disse Dupin. — Imagino que veio por causa do orangotango. Pode acreditar, quase o invejo por possuí-lo. Trata-se de um animal notável e certamente muito valioso. Quantos anos você acha que ele tem?

O marinheiro expirou demoradamente, aparentando sentir-se aliviado de um peso intolerável, e respondeu com toda a segurança:

— Não saberia dizer, mas não deve ter mais que quatro ou cinco anos. Ele está aqui com o senhor?

— Oh, não; não temos espaço para mantê-lo aqui. Ele está aqui perto, numa cocheira de aluguel na rua Dubourg. Você pode pegá-lo amanhã. Naturalmente, você tem condições de identificar o animal de sua propriedade, não?

— Tenho, sim, senhor.

— Lamento ter de me separar dele — disse Dupin.

— Não penso que o senhor tenha se dado a todo esse trabalho sem motivo — disse o homem. — Nem eu poderia esperar isso. É meu desejo recompensá-lo por ter encontrado o animal; isto é, recompensá-lo com uma soma que não seja excessiva.

— Bem — respondeu meu amigo —, é muito justo, sem dúvida. Deixe-me pensar... o que é que pretendo? Ah, já sei! Minha recompensa será a seguinte: que você me dê todas as informações de que dispõe sobre os assassinatos da rua Morgue.

Essas últimas palavras foram ditas em voz baixa e com toda a calma. Com a mesma calma, Dupin se dirigiu à porta, trancou-a e pôs a chave no bolso. Então, sem a menor perturbação, tirou uma pistola de junto ao peito e a colocou na mesa.

O rosto do marinheiro afogueou-se como se ele estivesse à beira da sufocação. Pôs-se de pé, agarrou o porrete, mas, em seguida, deixou-se cair na cadeira, tomado de violento tremor, com uma palidez mortal. O homem não disse palavra. Senti funda compaixão por ele.

— Meu amigo — disse Dupin em tom cordial —, você está se apavorando sem necessidade, pode acreditar. Não pretendemos fazer-lhe nenhum mal. Dou-lhe a minha palavra de cavalheiro, e de cavalheiro francês, de que não queremos prejudicá-lo. Sei muitíssimo bem que você é inocente das atrocidades da rua Morgue. De nada adiantará, porém, negar que, em certa medida, você está envolvido no caso. Pelo que já lhe disse, você deve saber que disponho de excelentes meios de informação quanto a esse caso, meios com os quais você nunca haveria de sequer sonhar. Agora, a situação é a seguinte: você não fez nada que pudesse ser evitado; nada, com certeza, que o torne culpado. Você nem ao menos é culpado de roubo, quando poderia ter roubado impunemente. Você não tem nada a esconder. Não tem motivo para esconder-se. Por outro lado, você tem, sim, a obrigação moral de revelar tudo o que sabe. Um homem inocente está na prisão, acusado de um crime cujo culpado você está em condições de apontar.

Em grande medida, o marinheiro conseguira se recompor enquanto Dupin lhe dirigia essas palavras; mas sua ousadia inicial desaparecera por completo.

— Então, que Deus me ajude — disse ele, depois de um breve silêncio —, porque vou lhe contar tudo o que sei sobre esse caso, embora não espere que acredite nem na metade do que vou dizer. Na verdade, eu seria um idiota se esperasse tal coisa. Ainda assim, sou inocente e, ainda que isso possa me custar a vida, vou contar absolutamente tudo.

O que ele contou foi, em suma, o seguinte: havia pouco tempo, ele fizera uma viagem ao arquipélago Índico. Um grupo do qual ele fazia parte desembarcou em Bornéu e seguiu para o interior, numa excursão de recreio. Ele e um companheiro capturaram o orangotango. Como o companheiro morreu, o animal ficou sendo de propriedade exclusivamente sua. Depois de muitos problemas ocasionados pela indomável ferocidade do animal durante a viagem de volta, ele terminou por alojá-lo com segurança em sua residência em Paris. Para não despertar a curiosidade dos vizinhos, o homem manteve o orangotango cuidadosamente isolado, até que se curasse de um ferimento no pé, produzido a bordo por uma lasca de madeira. O homem pretendia vendê-lo.

Ao voltar para casa depois de uma noitada de diversão de marinheiros, já na madrugada do assassinato, ele encontrou o orangotango em seu quarto, que o animal invadira após ter arrombado a porta de um cômodo contíguo, onde o marinheiro imaginara que ficaria confinado com toda a segurança. De navalha na mão, coberto de espuma, estava sentado diante de um espelho tentando barbear-se, coisa que, observando o dono pelo buraco da fechadura, vira-o fazer. O homem, apavorado por ver arma tão perigosa na mão de um animal tão feroz e tão habilidoso em manejá-la, ficou por alguns instantes sem saber o que fazer. Como já se acostumara a recorrer ao chicote para acalmar o animal mesmo nos mais terríveis acessos de ferocidade, resolveu valer-se do mesmo expediente. Ao ver o chicote, porém, o orangotango pulou para fora do quarto, desceu as escadas e saltou para a rua por uma janela que, por infelicidade, estava aberta.

Tomado de desespero, o francês saiu em sua perseguição. Ainda de navalha na mão, o macaco parava de vez em quando para olhar para trás e fazer acenos ao seu perseguidor, até que este quase o alcançou. Mas então o orangotango tornou a se distanciar. Dessa maneira, a perseguição continuou por longo tempo. As ruas estavam tranquilas e silenciosas, pois eram cerca de três da manhã. Quando passava por uma viela atrás da rua Morgue, a atenção do

fugitivo foi despertada por uma luz que brilhava através da janela aberta do quarto de madame L'Espanaye, no terceiro andar da casa. Correndo em direção ao edifício, ele viu o cano do para-raios, subiu por ele com uma agilidade inacreditável, agarrou a gelosia, que estava aberta e encostada à parede, e, por meio dela, foi parar na cabeceira da cama. Tudo isso não levou mais que um minuto. Com um golpe, o orangotango tornou a abrir a janela e entrou no quarto.

Então, o marinheiro ficou ao mesmo tempo contente e perplexo. Agora ele tinha muita esperança de recuperar o animal, que dificilmente poderia escapar da armadilha em que se metera, a não ser que escapasse pelo cano, quando então seria capturado. Por outro lado, havia muito a temer quanto ao que faria na casa. Essa reflexão fez com que o homem continuasse a dar caça ao fugitivo. O cano de um para-raios não é difícil de escalar, ainda mais para um marinheiro. Mas, ao chegar à altura da janela, que ficava à sua esquerda e a boa distância, o homem não conseguiu avançar mais. O máximo que pôde fazer foi esticar-se para frente e dar uma olhada no interior do quarto. Quando o fez, quase desabou do cano, dominado pelo terror. Foi então que os gritos pavorosos invadiram a noite, fazendo os moradores da rua Morgue acordarem sobressaltados. Ao que parecia, madame L'Espanaye e a filha, vestidas de camisola, estavam ocupadas em arrumar alguns papéis na arca de ferro de que já se falou, provida de rodinhas, que fora empurrada para o meio do quarto. A arca estava aberta, e seu conteúdo estava no chão, ao lado dela. As vítimas com certeza estavam sentadas de costas para a janela. E, considerando-se o tempo decorrido entre a entrada do animal e os gritos, é provável que o orangotango não tenha sido notado de imediato. O bater da janela teria sido atribuído, naturalmente, à ação do vento.

Quando o marinheiro olhou, viu que o enorme animal agarrara madame L'Espanaye pelos cabelos (que estavam soltos, pois ela os penteara havia pouco) e brandia a navalha junto a seu rosto, imitando os movimentos de um barbeiro. A filha jazia prostrada e imóvel, pois perdera os sentidos. Os gritos e a luta da velha senhora (durante o que seus cabelos foram arrancados da cabeça) transformaram os propósitos do orangotango, provavelmente pacíficos, em fúria. Com um resoluto movimento do braço musculoso, ele quase separou-lhe a cabeça do corpo. A visão do sangue levou sua fúria ao paroxismo. Rangendo os dentes, com os olhos em fogo, pulou sobre o corpo da jovem e lhe enfiou as terríveis garras no pescoço, mantendo a pressão até ela morrer. Seu olhar errante e desvairado caiu sobre a cabeceira da cama, na qual o rosto do dono, paralisado de horror, era perfeitamente visível. A fúria do animal, que decerto ainda tinha na lembrança o chicote, transformou-se imediatamente em medo. Ciente de que merecia punição, e com certeza desejoso de esconder seus atos sangrentos, foi tomado de grande agitação nervosa e pôs-se a saltar pelo quarto. Com esses movimentos, derrubou e quebrou móveis, arrancou o colchão da cama. Para terminar, agarrou primeiro o corpo da filha e o enfiou chaminé adentro, da forma que o encontraram. Em seguida, pegou o da velha senhora e o jogou de cabeça pela janela.

Quando a fera se aproximou da janela com seu fardo mutilado, o marinheiro apertou-se contra o cano do para-raios e, antes escorregando que descendo por ele, tratou de correr logo para casa — temendo as consequências da carnificina e, em seu pavor, abandonando de bom grado o orangotango ao próprio destino. As palavras ouvidas pelo grupo que subia as escadas foram as exclamações de horror e susto do francês, misturadas com os guinchos da fera.

Pouco tenho a acrescentar. O orangotango deve ter fugido do quarto pelo cano do para-raios, pouco antes de a porta ter sido arrombada. Ele deve ter fechado a janela ao passar por ela. Posteriormente, seria capturado pelo próprio dono, que conseguiu por ele uma boa soma no Jardin des Plantes[8]. Le Bon foi libertado de pronto, depois que se relatou na Chefatura o que acontecera (com alguns comentários feitos por Dupin). O chefe de polícia, embora mostrando simpatia para com meu amigo, não conseguia disfarçar seu pesar pelo rumo que o caso tomara e se permitiu um ou dois comentários sarcásticos sobre a conveniência de cada um cuidar dos próprios assuntos.

— Deixe que ele fale — disse Dupin, que achou desnecessário responder. — Deixe-o falar; isso vai lhe aplacar a consciência. Estou contente por tê-lo derrotado em seu próprio campo. Não obstante, o fato de ter falhado em solucionar o mistério não é de estranhar de forma alguma, como ele supõe, porque, na verdade, nosso amigo policial é um tanto esperto demais para ser profundo. Sua

[8] O Jardim Botânico de Paris, o qual abrange também um famoso zoológico. (N.E.)

sabedoria é falta de *fundamento*: não passa de cabeça sem corpo, como as representações da deusa Laverna — ou, na melhor das hipóteses, apenas cabeça e ombros, feito um bacalhau. Mas, no final das contas, o chefe de polícia é boa criatura. Gosto dele principalmente por causa da lábia, graças à qual adquiriu a reputação de pessoa sagaz. Refiro-me a sua habilidade *de nier ce qui est et d'expliquer ce qui n'est pas.*[9]

[9] "De negar o que existe e explicar o que não existe." Citação de *Júlia, ou a nova Heloísa*, de Rousseau. (N. T.)

O embuste do balão

[Notícias espantosas e expressas, por via de Norfolk, Virgínia! — Travessia do Atlântico feita em Três Dias! Grande Triunfo da Máquina Voadora do Sr. Monck Mason! — Chegada à Ilha Sullivan, próximo a Charleston, Carolina do Sul, dos srs. Mason, Robert Holland, Henson, Harrison Aisworth e quatro outros, no Balão Dirigível Victoria, *após travessia de Setenta e Cinco Horas de Costa a Costa! Todos os detalhes sobre a viagem!*

Na verdade, o jeu d'esprit *que transcrevemos a seguir, com a chamada precedente, provida de magníficas iniciais maiúsculas e recheada de exclamações, foi publicado originalmente no* New York Sun, *um jornal diário, e, assim sendo, atendeu plenamente ao propósito de criar um clima de ansiedade para a gente novidadeira entre uma chegada e outra da correspondência a Charleston. A ávida procura pelo "único jornal que trazia as notícias" foi algo além até do prodigioso; e, com efeito, se (como alguns afirmam) o* Victoria *não fez de modo algum a viagem noticiada, será difícil apresentar uma razão pela qual não poderia tê-la feito.]*

O grande problema está enfim resolvido! O ar, assim como a terra e o oceano, foi dominado pela ciência e se tornará uma via comum e conveniente para a humanidade. *Um balão realmente cruzou o Atlântico!* E isso sem muita dificuldade, sem nenhum grande perigo aparente, com completo controle da máquina — e no inacreditavelmente curto período de setenta e cinco horas de costa a costa! Graças aos esforços de um correspondente de Charleston, na Carolina do Sul, temos condições de divulgar, em primeira mão, os pormenores dessa viagem extraordinária, realizada entre onze horas do dia 6 do corrente mês, um sábado, e catorze horas do dia 9, terça-feira, por sir Everard Bringhurst; pelo sr. Osborne, sobrinho de lorde Bentinck; pelos srs. Monck Mason e Robert Holland, famosos aeronautas; pelo sr. Harrison Ainsworth, autor de *Jack Sheppard* etc.; pelo sr. Henson, projetista de recente máquina voadora que não teve sucesso; e por dois marinheiros de Woolwich — ao todo, oito pessoas. As informações que se encontram a seguir são absolutamente idôneas e precisas em todos os aspectos, visto que, com uma ou outra exceção, foram transcritas *verbatim* do diário escrito a quatro mãos pelos srs. Monck Mason e Harrison Ainsworth, a cuja cortesia nosso correspondente deve muitas informações verbais sobre o próprio balão, sua construção e outros assuntos de interesse. As únicas alterações no texto se fizeram com o objetivo de dar ao relato apressado de nosso correspondente, o sr. Forsyth, uma forma mais coerente e inteligível.

O BALÃO

Dois importantes fracassos recentes — os do sr. Henson e o de sir George Cayley — diminuíram em muito o interesse do público pela navegação aérea. O projeto do sr. Henson (que a princípio foi considerado bastante factível até por homens de ciência) baseava-se no princípio de um plano inclinado; o engenho seria impulsionado de uma elevação por uma força externa, aplicada e continuada pela revolução de pás, com forma e número iguais aos de pás de um moinho de vento. Não obstante, em todos os experimentos feitos com modelos na Adelaide Gallery de Ciências Práticas, em Londres, ficou claro que as pás não apenas falhavam em impelir a máquina, mas também a impediam de voar. A única força de propulsão que se verificou foi o mero impulso decorrente da descida pelo plano inclinado; e esse impulso levava a máquina a uma distância maior quando as pás estavam paradas, fato que demonstra cabalmente a inutilidade delas; e, na ausência de uma força de propulsão, que também é responsável pela força de sustentação, todo o aparelho haveria fatalmente de descer. Essa constatação levou sir George Cayley a pensar apenas em adaptar pás a alguma máquina com meios próprios de sustentação, ou seja, a um balão; a ideia de sir George só era nova no que tange ao modo de sua aplicação na prática. Ele exibiu um modelo de sua invenção no Instituto Politécnico. O princípio da propulsão, ou força, também estava presente, aplicado a superfícies descontínuas, ou pás, postas para girar. As pás eram em número de quatro, mas se revelaram absolutamente ineficazes para mover o balão e ajudá-lo em seu movimento ascendente. Assim sendo, todo o projeto redundou em completo fracasso.

Foi nessa altura que o sr. Mason (cuja viagem de Dover a Weilburg num balão, o *Nassau*, causara tanto alvoroço em 1837) concebeu a ideia de empregar o princípio do parafuso de Arquimedes para propulsão por via aérea — atribuindo acertadamente o fracasso do projeto do sr. Henson e de sir George Cayley à descontinuidade das superfícies, isto é, às pás independentes e separadas. O sr. Monck Mason fez sua primeira experiência pública nos Willis's Rooms, mas posteriormente transferiu seu modelo para a Adelaide Gallery.

Tal como o balão de sir Cayley, o seu era elipsoidal e apresentava pouco mais de quatro metros de comprimento e dois metros de altura. Continha cerca de quinhentos e setenta litros cúbicos de gás, o qual, se fosse puro hidrogênio, teria a capacidade de suportar nove quilos e meio logo depois de inflado, antes de o gás ter tempo de misturar-se com outros ou escapar. O peso de toda a máquina e aparato eram sete quilos e setecentos gramas — o que dá uma sobra de cerca de dois quilos. Sob o centro do balão havia uma estrutura de madeira leve que, com cerca de dois metros e setenta centímetros de comprimento, estava ligada ao balão por uma rede, na forma costumeira. Dessa estrutura pendia um cesto, ou barquinha, de vime.

O parafuso consiste num tubo oco de bronze de quarenta e cinco centímetros de comprimento, através do qual, numa semiespiral com inclinação de quinze graus, passa uma série de raios de aço, de sessenta centímetros de comprimento, que se projetam trinta centímetros nas duas extremidades. Esses raios se conectam, nas partes que se projetam nas extremidades, por

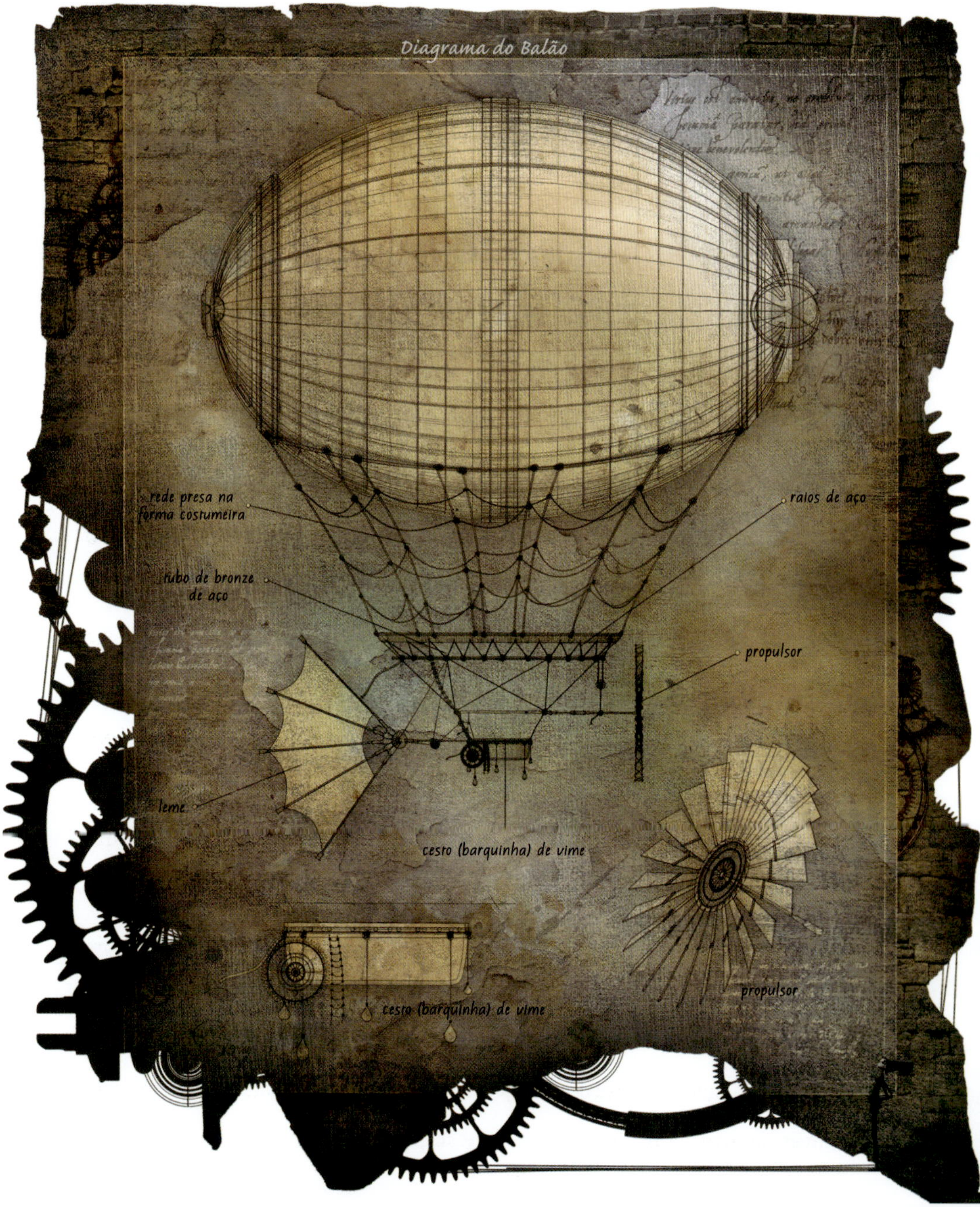
Diagrama do Balão
rede presa na forma costumeira
raios de aço
tubo de bronze de aço
propulsor
leme
cesto (barquinha) de vime
cesto (barquinha) de vime
propulsor

meio de duas fitas de arame achatado — de maneira que o conjunto forma a estrutura do parafuso, à qual se acrescenta um revestimento de seda encerada, cortada em gomos triangulares e esticada para formar uma superfície razoavelmente uniforme. A cada extremidade de seu eixo, o parafuso apoia-se em pilares de tubos de bronze ocos, que descem do arco. Na extremidade inferior desses tubos, há orifícios nos quais giram os pivôs do eixo. Da ponta do eixo que fica junto à barquinha, projeta-se uma haste de aço que liga o parafuso ao pinhão de uma peça provida de mola fixada à barquinha. Sob a ação da mola, o parafuso gira a grande velocidade e, progressivamente, imprime movimento a todo o conjunto. Usando-se o leme, podia-se orientar a máquina em qualquer direção. Considerando-se suas dimensões, a mola era de grande potência: após o primeiro giro, era capaz de levantar dezessete quilos sobre um tambor de cinco centímetros de diâmetro, aumentando gradualmente essa capacidade. No total, a mola pesava três quilos. O leme era uma estrutura leve de junco revestida de seda, com o formato aproximado de uma raquete de jogo de peteca, com cerca de noventa centímetros no comprimento e trinta centímetros na maior largura. Seu peso era pouco mais de sessenta gramas. Ele era capaz de um giro de cento e oitenta graus, movendo-se para cima e para baixo e, também, para a direita e para a esquerda; isso permitia ao aeronauta transferir a resistência do ar — a qual, em posição inclinada, o leme poderia gerar à sua passagem — para o lado que desejasse; a resistência poderia orientar o balão na direção oposta.

Aquele modelo (do qual, por falta de tempo, demos uma descrição imperfeita) foi posto à prova na Adelaide Gallery, onde atingiu velocidade de uns oito quilômetros por hora; não obstante, por incrível que pareça, despertou muito pouco interesse em comparação com a complexa máquina exibida anteriormente pelo sr. Henson — tal é a propensão das pessoas a desprezar qualquer coisa que apresente um ar de simplicidade. Para realizar o grande desiderato da navegação aérea, em geral se acredita ser necessária a complicadíssima aplicação de algum princípio de dinâmica especialmente profundo.

Mas o sr. Mason ficou tão satisfeito com o completo sucesso de sua invenção que resolveu construir imediatamente, se possível, um balão de capacidade suficiente para pôr a questão à prova, realizando uma viagem de certa extensão — o objetivo inicial era cruzar o canal da Mancha, como o fizera antes no balão *Nassau*. Para executar seu plano, solicitou e obteve o apoio de sir Everard Bringhurst e do sr. Osborne, dois cavalheiros conhecidos pelo talento científico e, especialmente, pelo interesse no progresso da aerostática. O projeto, por desejo do sr. Osborne, foi mantido em completo segredo do público. As únicas pessoas que tinham conhecimento dele eram as que estavam efetivamente envolvidas na construção da máquina, que foi construída (sob a supervisão dos sr. Mason e Holland, de sir Everard Bringhurst e do sr. Osborne) na propriedade do sr. Osborne, próximo a Penstruthal, no País de Gales. O sr. Henson, acompanhado de um amigo, o citado sr. Ainsworth, teve oportunidade de observar o balão no último sábado — quando os dois cavalheiros fizeram os acertos finais para participarem da aventura. Não temos informação de por que admitiram dois marinheiros no grupo — mas, dentro de um ou dois dias, deixaremos nossos leitores cientes até mesmo dos mínimos detalhes dessa extraordinária viagem.

O balão é feito de seda revestida de borracha. É de grandes dimensões e contém mais de um milhão de litros de gás; entretanto, como se usou gás de carvão em vez de hidrogênio, que é mais caro e mais inadequado, a capacidade de suportar peso do balão, quando completamente inflado e imediatamente depois do bombeamento do gás, é de mil e cem quilos. O gás de carvão é não apenas mais barato como também mais fácil de obter e de manipular.

Devemos seu uso habitual para fins de aerostática ao sr. Charles Green. Até sua descoberta, o processo de enchimento era não só excessivamente caro, mas também incerto. Muitas vezes, levaram-se dois e até três dias em vãs tentativas de conseguir hidrogênio suficiente para encher um balão, do qual o gás tinha forte tendência a vazar, devido a sua extrema sutileza e semelhança com a atmosfera circundante. Num balão perfeito o suficiente para manter o conteúdo de gás de carvão inalterado em sua quantidade ou volume durante seis meses, não se poderia manter uma quantidade de hidrogênio no mesmo grau de pureza por seis semanas.

Dado que a força de sustentação era de mil cento e vinte e cinco quilos e que o total do peso dos aeronautas ficava em torno de quinhentos e quarenta quilos, havia excedente de quinhentos e oitenta e cinco quilos, quinhentos e quarenta dos quais eram contrabalançados por lastros, arrumados em sacos de diferentes tamanhos, com os respectivos pesos anotados em cada um; e por cordame, barômetros, telescópios, barris com provisões para uma quinzena, tonéis de água, casacos, bolsas de viagem e vários outros materiais indispensáveis, inclusive um aquecedor de café concebido para aquecer café com cal extinta, dispensando totalmente o uso do fogo, em caso de haver necessidade. Todos esses materiais, à exceção do lastro e mais umas poucas coisas de menor importância, pendiam do arco acima de suas cabeças. A barquinha é proporcionalmente muito menor e mais leve que a do modelo. Feita de um junco leve, é extraordinariamente forte para uma estrutura de aparência tão frágil. Sua borda dista do fundo cerca de um metro e vinte centímetros. O leme também é muito maior, proporcionalmente, que o do modelo; e o parafuso é consideravelmente menor. O balão é ainda provido de uma pequena âncora e um cabo de amarração, sendo esse último absolutamente indispensável. Aqui se faz necessário uma breve explanação para os nossos leitores não familiarizados com detalhes de aerostática.

Tão logo o balão decola, sofre uma série de influências tendentes a criar uma alteração em seu peso, que fazem aumentar ou diminuir sua força ascensional. Por exemplo, é possível formar-se sobre a seda uma camada de orvalho, a qual pode chegar a duas ou três centenas de quilos. Nesse caso, é preciso descartar uma parte do lastro, para evitar que o balão desça. Com o descarte desse lastro, mais a evaporação do orvalho pela ação dos raios solares e a expansão do gás na seda, todo o conjunto novamente ganhará altura. Para controlar essa ascensão, o único recurso que há (ou melhor, havia, até o sr. Green inventar o cabo de amarração) é deixar escapar gás pela válvula, de forma que, num período relativamente curto, mesmo o balão mais bem construído esgota seus recursos e volta à terra. Era isso que, antes, impedia viagens de grande distância.

O cabo de amarração resolve o problema do modo mais simples que se possa imaginar. Trata-se apenas de uma corda muito comprida, pendente do cesto, que faz com que balão só sofra alterações de nível desprezíveis. Caso, por exemplo, se crie uma camada de umidade sobre a seda e a máquina comece a descer, não há necessidade de descartar lastro para compensar o aumento do peso. Pode-se contrabalançá-lo, na mesmíssima proporção, deixando jazer por terra uma extensão da ponta da corda que seja necessária. Se, por outro lado, outras circunstâncias causam a indevida perda de peso e consequente subida, essa leveza é imediatamente compensada pelo peso adicional da extensão da corda erguida da terra. Assim, o balão não pode subir nem descer, exceto dentro de limites muito estreitos, e seus recursos, tanto em termos de gás quanto de lastro, se mantêm relativamente intactos. Quando o balão sobrevoa uma extensão de água, torna-se necessário o uso de barriletes de cobre ou de madeira, enchidos com lastro líquido mais leve que a água. Eles flutuam e têm a mesma utilidade de uma simples corda na terra. Outra função importantíssima do cabo de amarração é apontar a direção do balão. Na terra ou na água, o cabo arrasta-se, ao passo que o balão é livre; consequentemente, este vai sempre adiante daquele, sempre que se desloca;

assim sendo, uma comparação das posições relativas dos dois objetos, feita com uso de bússola, indicará sempre a direção. Da mesma maneira, o ângulo formado pelo cabo com o eixo vertical da máquina indica sua velocidade. Quando não há ângulo, isto é, quando o cabo pende perpendicularmente, todo o conjunto está parado; quanto maior o ângulo, porém (isto é, quão mais adiantado estiver o balão em relação à extremidade do cabo), maior a sua velocidade, e vice-versa.

Como o objetivo inicial era cruzar o canal da Mancha e descer o mais perto possível de Paris, os viajantes tiveram o cuidado de se munir de passaportes para todas as partes do continente, especificando a natureza da expedição, como no caso da viagem do *Nassau*, para serem dispensados das formalidades de praxe. Acontecimentos inesperados, porém, tornaram esses passaportes inúteis.

O enchimento do balão começou calmamente ao amanhecer do sábado, dia 6 do mês corrente, no pátio da Wheal-Vor House, a mansão do sr. Osborne, a um quilômetro e meio de distância de Penstruthal, na região norte do País de Gales; às onze horas e sete minutos, estando tudo pronto para a partida, soltou-se o balão de suas amarras, e ele foi subindo de forma lenta mas segura, rumando mais ou menos na direção sul; na primeira meia hora, não foi preciso usar o parafuso nem o leme. Agora continuamos com o diário, tal como transcrito pelo sr. Forsyth do manuscrito dos srs. Monck Mason e Ainsworth. O diário, manuscrito pelo sr. Mason, traz um pós-escrito acrescentado, a cada dia, pelo sr. Ainsworth, que está preparando, e em breve dará a público, um relato da viagem mais detalhado e, sem dúvida, mais interessante e sensacional.

O DIÁRIO

Sábado, 6 de abril. Tendo resolvido na noite passada todos os problemas que poderiam nos estorvar, começamos a encher o balão logo ao amanhecer do dia de hoje; mas, devido ao denso nevoeiro que embebeu as dobras da seda e impossibilitou seu manuseio, não conseguimos completar a operação antes de onze da manhã. Zarpamos então, muito animados, e fomos subindo de forma lenta mas segura, ao leve sopro de uma brisa vinda do norte, que nos levou na direção do canal da Mancha. Observando que a força de ascensão era maior do que supúnhamos, e tendo subido bem alto para evitar os penhascos (o que nos expôs ainda mais aos raios solares), nossa subida se fez muito depressa. Como, porém, eu não queria perder gás ainda nas preliminares da aventura, resolvi prosseguir, por enquanto, na subida. Logo ficamos privados da ajuda de nosso cabo de amarração; mas, mesmo quando o levantamos totalmente do chão, continuamos a subir muito depressa. O balão era incrivelmente rijo e muito belo. Cerca de dez minutos depois da partida, o barômetro indicava uma altitude de quatro e meio quilômetros. O tempo estava estupendo, e a terra que víamos lá embaixo — muito romântica quando vista de qualquer perspectiva — agora se nos afigurava nada menos que sublime. Os numerosos desfiladeiros profundos pareciam lagos, devido aos densos vapores que os enchiam, e os picos e penhascos que se erguiam no sudoeste, dispostos numa confusão inextricável, assemelhavam-se muito às cidades gigantes do fabulário oriental. Nós nos aproximávamos rapidamente das montanhas do sul, mas a altura em que nos encontrávamos era suficiente para

ultrapassá-las em segurança. Poucos minutos depois, planávamos sobre elas em grande estilo; e o sr. Ainsworth, junto com os marinheiros, surpreenderam-se com o fato de parecerem tão baixas vistas da barquinha, pois a grande altura que os balões atingem tende a reduzir as elevações lá embaixo a um nível próximo do zero. Às onze e meia, ainda seguindo para o sul, avistamos pela primeira vez o canal de Bristol; quinze minutos depois, a linha da arrebentação estava logo abaixo de nós, e sobrevoávamos o mar. Resolvemos então deixar escapar gás para fazer descer à água nosso cabo de amarração, de cuja extremidade pendiam as boias. Tratamos de fazê-lo imediatamente e começamos uma descida gradual. Cerca de vinte minutos depois, a primeira boia tocou a água, seguida logo depois pela segunda, e então nos mantivemos numa altura estável. Agora estávamos todos ansiosos para testar a eficiência do leme e do parafuso, e os acionamos sem demora, para mudar nossa direção mais para o leste, no rumo de Paris. O leme nos permitiu fazer de pronto a necessária mudança de direção, e esta passou a formar um ângulo de cerca de noventa graus com a do vento; quando acionamos a mola do parafuso, alegramo-nos em ver que ele respondeu impulsionando-nos com a rapidez desejada. Saudamos isso com muitos vivas entusiasmados e jogamos ao mar uma garrafa que continha uma tira de pergaminho com uma breve exposição do princípio da invenção. Contudo, mal terminamos nossa comemoração, aconteceu um imprevisto que nos causou grande desânimo. De repente, a haste de aço que ligava a mola ao propulsor se deslocou, na parte posterior da barquinha (após um balanço sofrido por esta, devido a um movimento de um dos dois marinheiros que integramos à expedição), e logo ficou pendente do pivô do eixo do parafuso, fora de nosso alcance. Enquanto tentávamos alcançá-la, com a atenção totalmente concentrada nessa tarefa, fomos colhidos por forte corrente de vento vinda do leste, que nos carregou, com força cada vez maior, em direção ao Atlântico. Logo nos vimos rumando para o mar, numa velocidade de não menos de oitenta quilômetros por hora, de modo que chegamos a Cape Clear, cerca de sessenta e cinco quilômetros ao norte, antes que tivéssemos tempo de nos dar conta do que estava acontecendo. Foi então que o sr. Ainsworth fez uma proposta extraordinária, mas de modo algum insensata e quimérica a meu juízo, na qual foi secundado imediatamente pelo sr. Holland, a saber: que devíamos aproveitar o forte vendaval que nos carregava e, em vez de retomar a direção de Paris, tentar alcançar a costa da América do Norte. Depois de breve reflexão, concordei de bom grado com a ousada proposta, da qual discordaram apenas, estranhamente, os dois marinheiros. Como constituíamos o grupo mais forte, refutamos os perigos que eles temiam e seguimos em frente, rumando diretamente para o oeste; mas, como o arrasto das boias impedia nosso avanço e mantínhamos o balão sob firme controle, tanto para subir quanto para descer, nós primeiro jogamos ao mar vinte e dois quilos de lastro; depois, usando um molinete, içamos boa parte do cabo de amarração, de forma a quase tirá-lo da água. Percebemos de imediato o efeito dessa manobra, o qual consistiu em grande aumento da velocidade; e, como o vendaval recrudesceu, voamos a uma velocidade quase inacreditável, com o cabo de amarração vindo atrás da barquinha como uma bandeirola num navio.

Escusado dizer que em pouquíssimo tempo perdemos a costa de vista. Sobrevoamos inúmeras embarcações de todos os tipos, algumas das quais tentavam aproveitar o vento, mas a maioria delas parada. Causávamos grande empolgação a bordo de todas elas — uma empolgação que experimentávamos também nós, em especial os dois marinheiros, que, agora sob o efeito de um gole de genebra, pareciam resolvidos a abandonar ao vento todos os seus temores e hesitações. Muitos navios festejavam com disparos de pistolas sinalizadoras; e todos nos saudavam com altos vivas (que ouvíamos com surpreendente clareza) e acenavam com lenços e bonés. Continuamos nesse ritmo o dia inteiro, sem nenhum incidente de maior importância e, quando as sombras da noite nos envolveram, fizemos uma estimativa aproximada da distância percorrida.

Não podia ser menos de oitocentos quilômetros, e provavelmente era muito mais que isso. Mantivemos o propulsor trabalhando o tempo todo, o que certamente contribuiu em muito para o avanço. Quando o sol mergulhou no horizonte, o vendaval se transformou em verdadeiro furacão, e o oceano lá embaixo ficou plenamente visível, devido à fosforescência. O vento soprou do leste a noite inteira, dando-nos os mais brilhantes auspícios de sucesso. Sofremos um bocado com o frio, e a umidade da atmosfera era sumamente desagradável; mas o amplo espaço da barquinha permitia que nos deitássemos e, valendo-nos de casacos e uns poucos cobertores, conseguimos nos arranjar bem.

Pós-escrito [do sr. Ainsworth]. As últimas nove horas foram decerto as mais emocionantes de minha vida. Não consigo imaginar nada que possa trazer

mais elevação do que o estranho perigo, novidade e singularidade de uma aventura como esta. Que Deus permita que realizemos nosso intento. Não peço tal realização pela mera segurança de minha insignificante pessoa, mas em favor do conhecimento humano e... pela magnitude da vitória. E, no entanto, esse feito é tão evidentemente factível que só temos de nos perguntar o porquê de não ter sido tentado antes. Um único vendaval como este que nos auxilia... basta que um vendaval impulsione um balão por quatro ou cinco dias (os vendavais muitas vezes duram mais), e o viajante pode facilmente ser transportado, nesse espaço de tempo, de costa a costa. Diante de um vendaval dessa magnitude, o amplo Atlântico fica reduzido a simples lago. No presente momento, o supremo silêncio que reina no mar lá embaixo, apesar de sua agitação, me causa grande espanto — mais que qualquer outro fenômeno que me foi dado testemunhar. As águas não elevam sua voz em direção ao céu. O imenso oceano revolto se contorce e sofre sua tortura sem uma queixa sequer. As vagas descomunais dão a impressão de uma legião de demônios mudos que lutam numa agonia impotente. Numa noite como esta que estou atravessando, um homem *vive* — vive o correspondente a todo um século de vida normal —, e eu não trocaria este delicioso arrebatamento por todo um século de existência normal e rotineira.

Domingo, 7 de abril [do manuscrito do Sr. Mason] Às dez horas desta manhã, o vendaval diminuiu a velocidade, passando a soprar a oito ou nove milhas náuticas por hora (tomando-se como referência uma embarcação no mar), se não mais. Mas sua direção mudara consideravelmente para o norte, e, agora que o sol declina no horizonte, nos mantemos na desejada direção oeste, sobretudo graças ao parafuso e ao leme, que estão funcionando de maneira admirável. Considero nosso plano um sucesso absoluto, e a fácil navegação no ar em qualquer direção (não exatamente contra a fúria de uma tempestade) já não constitui problema. Não podíamos ter enfrentado o forte vendaval de ontem, mas, ganhando altura, talvez pudéssemos evitar sua influência, caso fosse necessário. Estou convencido de que podemos navegar contra vento forte com o propulsor. Ao meio-dia de hoje, subimos a uma altura de oito quilômetros, descarregando lastro. Fizemos isso em busca de uma corrente de ar mais direta, mas não encontramos nenhuma mais favorável do que esta em que nos encontramos agora. Temos grande quantidade de gás para cruzar esta lagoinha, ainda que a viagem dure três semanas. Não tenho o menor receio de que nosso plano fracasse. A dificuldade foi estranhamente superestimada e mal compreendida. Posso escolher minha corrente, e, mesmo que *todas* as correntes estejam contra mim, posso seguir em frente de forma razoavelmente satisfatória com o propulsor. Não tivemos nenhum incidente que mereça registro. A noite se anuncia serena.

Pós-escrito [do Sr. Ainsworth]. Pouco tenho a registrar exceto o fato (para mim muito surpreendente) de que, a uma elevação igual à do vulcão Cotopaxi, cinco mil e novecentos metros, não senti nem frio muito intenso, nem dor de cabeça, nem dificuldade de respirar; acho que tampouco o sr. Mason, o sr. Holland e sir Everard. O sr. Osborne reclamou de constrição no peito — mas esse incômodo logo passou. Voamos a grande velocidade durante o dia, e já devemos ter atravessado mais de metade do Atlântico. Sobrevoamos mais de vinte ou trinta navios de vários tipos, e todos pareceram maravilhados. Cruzar o oceano num balão, afinal de contas, não é proeza tão difícil. *Omne ignotum pro magnifico.*[10]

Observação: a oito quilômetros de altura, o céu se nos mostra quase preto, e vemos as estrelas com toda a nitidez; e o céu não nos parece convexo (como se poderia supor), mas absoluta e inequivocamente *côncavo.*

Segunda-feira, 8 de abril [do manuscrito do sr. Mason]. Esta manhã ainda tivemos alguns probleminhas com a haste do propulsor, que exige total remodelagem, para evitar sério acidente — refiro-me à haste de aço, não ao propulsor em si. Este, de tão perfeito, não poderia ser aperfeiçoado. Vindo do noroeste, o vento soprou de modo firme e constante durante todo o dia, e até agora a sorte nos tem favorecido. Pouco antes do amanhecer, todos ficamos um tanto assustados com uns barulhos estranhos e sacolejos no balão, seguidos de uma descida aparentemente rápida de toda a máquina. Esse fenômeno decorria da expansão do gás, devido à alta temperatura da atmosfera e ao consequente derretimento das minúsculas partículas de gelo que se tinham incrustado na rede durante a noite. Jogamos várias garrafas para os navios lá embaixo. Vimos uma delas ser recolhida por uma grande embarcação. Ao que parecia, era um dos navios de

[10] "Tudo o que não se conhece é tido por magnífico." A frase é do historiador romano Tácito (56-117 d. C.). (N. T.)

passageiros que fazem a linha de Nova York. Tentei ler seu nome, mas não consegui decifrá-lo com segurança. Usando um telescópio, o sr. Osborne leu algo como *Atalanta*. Agora é meia-noite, e ainda estamos seguindo rápido para o oeste. O mar está especialmente fosforescente.

Pós-escrito [do sr. Ainsworth]. Agora são duas da manhã, e está tudo relativamente calmo, tanto quando posso perceber — mas é muito difícil saber nossa localização atual, visto que avançamos no mesmo ritmo do vento. Não dormi desde que partimos da Wheal-Vor House, mas já não consigo resistir, tenho de dormir um pouco. Não podemos estar muito longe da costa americana.

Terça-feira, 9 de abril [do manuscrito do sr. Ainsworth]. Uma da manhã. Estamos avistando perfeitamente a costa da Carolina do Sul. O grande problema já foi resolvido. Cruzamos o Atlântico — nós o cruzamos fantástica e facilmente num balão! Louvado seja Deus! Doravante, quem poderá dizer que alguma coisa é impossível?

O diário termina aqui, mas o sr. Ainsworth informou alguns detalhes da descida ao sr. Forsyth. O tempo estava quase absolutamente calmo quando os viajantes avistaram a costa, prontamente reconhecida pelos dois marinheiros e pelo sr. Osborne. Como esse último tinha conhecidos em Fort Moultrie, resolveu-se imediatamente descer nas proximidades de lá. O balão foi conduzido em direção à praia (estando a maré baixa e a areia dura e admiravelmente adequada a uma descida). Lançou-se a âncora, que se fixou de imediato. Os habitantes da ilha e do forte acorreram em massa, é claro, para ver o balão; mas era muito difícil fazer alguém acreditar na veracidade da viagem — *a travessia do Atlântico.* A âncora se fixou às duas da tarde em ponto, de modo que toda a viagem se fizera em setenta e cinco horas; ou até menos, calculando-se de costa a costa. Não aconteceu nenhum acidente grave. Em momento algum se registrou um perigo verdadeiro. O balão foi esvaziado e guardado sem problema; e, quando o manuscrito que serviu de base a esta narrativa foi despachado de Charleston, o grupo ainda se encontrava em Fort Moultrie. Não temos informações do que se pretende fazer em seguida, mas podemos prometer com segurança aos nossos leitores algumas informações complementares o mais tardar na segunda-feira ou no decorrer do dia seguinte.

Este é, incontestavelmente, o mais estupendo, o mais interessante e mais importante empreendimento jamais realizado ou mesmo tentado pelo homem. No presente momento, seria inútil especular sobre os extraordinários acontecimentos que haverão de se seguir.

Os óculos

Muitos anos atrás, estava em voga ridicularizar a ideia de "amor à primeira vista", mas as pessoas refletidas — e também as que têm sentimentos profundos — sempre advogaram a existência dele. Na verdade, descobertas recentes no campo daquilo que se pode chamar de magnetismo ético ou magnetoestética tornam provável que os mais naturais e, por consequência, os mais verdadeiros e intensos sentimentos humanos são aqueles que nascem no coração como por efeito de uma afinidade elétrica — em suma, que os laços psíquicos mais radiosos e duradouros são aqueles nascidos de um olhar. A confissão que estou prestes a fazer acrescentará mais um exemplo aos quase inúmeros que testemunham a verdade desse ponto de vista.

Minha história exige que eu seja um tanto minucioso. Ainda sou homem muito jovem — não cheguei aos vinte e dois anos de idade. Meu nome, hoje em dia, é bastante comum e muito plebeu — Simpson. Digo "hoje em dia" porque só pouco tempo atrás passei a ser chamado assim — pelo fato de ter adotado legalmente esse sobrenome no ano passado, para receber a grande herança que me foi deixada por um parente distante, o sr. Adolphus Simpson. O legado me foi deixado com a condição de que eu adotasse o nome do testador — não o primeiro nome, mas o sobrenome; meu primeiro nome é Napoleon Bonaparte — ou, antes, esses são meus dois primeiros nomes.

Adotei o sobrenome Simpson com alguma relutância, pois sentia orgulho, de resto perdoável, do meu verdadeiro sobrenome, Froissart, acreditando que poderia ter entre meus ascendentes o imortal autor das *Crônicas*. Ainda a propósito de nomes, talvez eu deva referir uma singular coincidência de som existente nos nomes de meus ascendentes imediatos. Meu pai era monsieur Froissart, de Paris. Sua esposa — minha mãe, com quem ele se casou quando esta tinha quinze anos — era mademoiselle Croissart, filha mais velha do banqueiro Croissart, cuja esposa, que também tinha apenas dezesseis anos ao casar, era a filha mais velha de certo Victor Voissart. Monsieur Voissart, muito estranhamente, se casara com uma dama de nome parecido, mademoiselle Moissart, que também era uma menina quando casou; da mesma forma, sua mãe, madame Moissart, tinha apenas catorze anos quando foi levada ao altar. Esses casamentos precoces são comuns na França. Aqui, contudo, temos Moissart, Voissart, Croissart e Froissart em linha de ascendência direta. Mas meu nome, como já disse, mudou para Simpson, por ato da Legislatura. Essa exigência me causou tal repulsa que, durante algum tempo, hesitei em aceitar a herança que vinha com aquela cláusula inútil e aborrecida.

Quanto a dons naturais, não sou nem pouco carente deles. Pelo contrário, pode acreditar que sou bem conformado do ponto de vista físico e tenho um rosto que nove décimos da humanidade considerariam belo. Tenho um metro e oitenta de altura, meus cabelos são pretos e cacheados. Meu nariz tem aspecto razoável. Meus olhos são grandes e cinzentos; não obstante, são fracos demais, embora sua mera aparência não revele tal deficiência. Ainda assim, esta sempre me incomodou muito, e lancei mão de todos os remédios possíveis — menos usar óculos. Como sou jovem e tenho boa aparência, eles naturalmente não me agradam; por isso, eu me recusei a usá-los. Na verdade, não conheço nada que desfigure tanto o rosto de um jovem, ou que lhe imprima tal ar de gravidade, quando não de farisaísmo e de velhice. Por outro lado, monóculos dão um ar de presunção e afetação. Até agora, consegui me arranjar da melhor maneira possível sem recorrer a nada disso. Mas basta de pormenores pessoais, que, afinal, têm pouca importância. Limito-me, então, a acrescentar que sou de meu natural bem-disposto, arrojado, ardente e arrebatado — e que em toda a minha vida fui devotado admirador das mulheres.

Em certa noite do inverno passado, entrei num camarote do Teatro P... em companhia de um amigo, o sr. Talbot. Era noite de ópera, e, como os cartazes anunciavam uma grande atração, a casa estava lotada. Chegamos a tempo, porém, de conseguir nos acomodar nos assentos da frente, que tinham sido reservados para nós e que conseguimos alcançar abrindo caminho com os cotovelos.

Durante duas horas, meu companheiro, fanático por música, ficou absolutamente concentrado no palco; de minha parte, eu me pus a observar o público que, em sua maioria, pertencia à elite da cidade. Tendo satisfeito minha curiosidade quanto a isso, estava prestes a voltar os olhos para a prima-dona quando eles se detiveram e ficaram cravados numa figura que se encontrava num dos camarotes privados e que escapara à minha observação.

Ainda que eu viva mil anos, não haverei de esquecer a intensa emoção com que contemplei aquela figura. Era uma figura de mulher, a mais fina e delicada que eu vira em minha vida. Seu rosto estava tão voltado para o palco que, por alguns minutos, não consegui vê-lo — mas a forma era *divina*: nenhuma outra palavra poderia descrever a perfeita harmonia de seus traços — e mesmo o termo "divina" parece ridiculamente fraco no momento em que o escrevo.

A magia de uma encantadora forma de mulher — o fascínio da graciosidade feminina — sempre constituiu uma força à qual não consigo resistir. Ali, porém, estava a graça personificada, encarnada, o *beau idéal* de meus mais quiméricos e ardentes sonhos. A figura (que, graças ao formato do camarote, eu podia ver quase por inteiro) era de altura pouco acima da média e aproximava-se, embora sem chegar a sê-lo por completo, do majestático. Suas formas delicadas e sua *tournure* eram encantadoras. A cabeça, da qual eu só conseguia ver a parte de trás, rivalizava em seus contornos com as da grega Psique, e era antes mostrada que escondida por uma elegante boina de *gaze äérienne* que lembrava o tecido vaporoso de Apuleio. Apoiado delicadamente na balaustrada do camarote, o braço direito fazia vibrar cada nervo de meu corpo com a admirável harmonia de suas formas. A parte superior cobria-se com uma dessas mangas folgadas e abertas, agora tão em voga, que descia um tantinho além do cotovelo. Por baixo ela usava um tecido delicado, justo, arrematado por um punho de belo rendado que caía graciosamente sobre a mão, deixando ver apenas os dedos delicados, num dos quais cintilava um anel de diamante, que logo percebi ser de valor inestimável. O admirável torneado do punho era realçado por um bracelete que o cingia, também ornamentado e preso por uma *aigrette* de joias — sinal tácito, mas inequívoco, da riqueza e do gosto refinado de quem o usava.

Olhei para aquela suntuosa aparição pelo menos meia hora, como se me tivesse petrificado de repente; e, durante esse tempo, senti toda a força e verdade de tudo o que fora dito ou cantado sobre o "amor à primeira vista". Meus sentimentos eram totalmente diversos dos que tinha experimentado até então, mesmo diante dos mais enaltecidos modelos de encanto feminino. Uma inexprimível afinidade de alma com alma, que me sinto impelido a chamar de *magnética,* parecia dominar não apenas minha visão, mas toda a minha capacidade de pensar e de sentir, ante a admirável figura que tinha à minha frente. Eu me dava conta, eu sentia, eu sabia que estava profunda, louca e irremediavelmente apaixonado — e isso antes mesmo de ver o rosto da pessoa amada. Com efeito, tão intensa era a paixão que me consumia que eu acreditava ser impossível atenuar-se, por pouco que fosse, se as feições, ainda não vistas, se revelassem banais, tão estranha é a natureza do único amor verdadeiro — o amor à primeira vista — e,

na verdade, tão pouco dependente é ela das condições externas, que apenas dão a impressão de criar e reger tal amor.

Enquanto eu estava assim imerso na admiração daquela encantadora visão, uma súbita perturbação em meio ao público fez que ela voltasse a cabeça parcialmente em minha direção, de modo que lhe contemplei o perfil. Sua beleza foi além de minhas expectativas — não obstante, havia alguma coisa nele que me desapontou, sem que eu fosse capaz de dizer exatamente de que se tratava. Eu disse "desapontou", mas a palavra não é bem essa. Meus sentimentos serenaram e se exaltaram de imediato. Sua natureza tinha menos de arrebatamento e mais do sereno entusiasmo de uma quietação enlevada. Aqueles sentimentos decorriam, talvez, do ar de madona, do ar matronal de seu rosto; e, contudo, logo percebi que eles não podiam decorrer só disso. Havia alguma outra coisa — algum mistério que eu não conseguia elucidar — alguma expressão de seu semblante que me perturbava levemente, ao mesmo tempo que aumentava em muito meu interesse. Na verdade, eu estava naquele estado de espírito que predispõe um jovem sensível a algum ato extravagante. Se a dama estivesse sozinha, eu com certeza entraria em seu camarote e a abordaria sem medir consequências; por sorte, porém, ela estava acompanhada de um cavalheiro e uma mulher notavelmente bela, que dava a impressão de ser alguns anos mais jovem que ela.

Arquitetei mil planos para conseguir, posteriormente, ser apresentado à dama mais velha, ou, em todo caso, ter uma visão mais nítida de sua beleza.

Eu me deslocaria para mais perto do lugar onde ela se encontrava, mas a multidão que lotava o teatro o impedia; além disso, os rigorosos ditames da Moda tinham, nos últimos tempos, proibido o uso de binóculos de teatro num caso como aquele, ainda que eu houvesse tido a sorte de levar um comigo — mas não levava, donde o meu desespero.

Por fim, tive a ideia de recorrer ao meu companheiro.

— Talbot — disse eu —, você tem binóculo de teatro. Empreste-me.

— Binóculo de teatro?! Não! O que você acha que eu faria com binóculo de teatro? — Nessa altura, ele se voltou impacientemente para o palco.

— Mas, Talbot — continuei, puxando-o pelo ombro —, quer fazer o favor de me escutar? Está vendo aquele camarote? Ali! Não esse, o vizinho. Você já tinha visto mulher tão encantadora?

— Ela é muito bonita, sem dúvida — disse ele.

— Eu me pergunto quem seria — disse eu.

— Ora, em nome de tudo o que há de mais sagrado, você não sabe quem é ela?! "Não conhecê-la é dar provas de suma ignorância." Ela é a famosa madame Lalande, a "beldade da época" por excelência, que toda a cidade anda comentando. Além disso, é imensamente rica... viúva, um grande partido... recém-chegada de Paris.

— Você a conhece?

— Sim, tive essa honra.

— Pode me apresentar a ela?

— Claro, com o maior prazer. Quando?

— Amanhã, à uma, vou encontrá-lo em seu hotel.

— Ótimo. Agora cale o bico, se é que consegue.

Tive de fazer o que Talbot mandou, porque ele se manteve surdo a qualquer outra pergunta ou sugestão e se concentrou pelo resto da noite no que estava acontecendo no palco.

Enquanto isso, mantive os olhos grudados em madame Lalande e finalmente tive a felicidade de conseguir ver-lhe o rosto inteiro. Era incrivelmente encantador — isso naturalmente meu coração já me dissera, mesmo quando Talbot ainda não me confirmara por completo em meu julgamento. Ainda assim, alguma coisa me perturbava. Acabei chegando à conclusão de que eu me deixava impressionar por certo ar de gravidade, de melancolia ou, mais propriamente, de cansaço, que subtraía algo da juventude e frescor do semblante, embora para dotá-lo de uma suavidade e uma dignidade seráficas, tornando-o, assim, dez vezes mais interessante à minha sensibilidade arrebatada e romântica.

Enquanto eu me deleitava com aquela visão, percebi enfim, para minha grande agitação, devido a um quase imperceptível tremor da parte da dama, que ela de súbito se dera conta da intensidade de meu olhar. Não obstante, eu estava absolutamente fascinado e não conseguia evitar olhar nem mesmo por um instante. Ela voltou um pouco o rosto, e de novo eu só conseguia ver o bem delineado contorno da parte posterior da cabeça. Depois de alguns minutos, como se curiosa por saber se eu ainda estava olhando, ela girou novamente a

cabeça e encontrou meu olhar ardente. Seus grandes olhos negros se abaixaram de imediato, e um forte rubor tingiu-lhe o rosto. Mas qual não foi a minha surpresa quando vi que ela não apenas voltou a cabeça novamente, mas também tirou da bolsa um binóculo, ergueu-o, ajustou-o e me olhou através dele, atenta e ostensivamente, por alguns minutos.

Se um raio me tivesse caído aos pés, eu não ficaria mais estupefato, estupefato *apenas*, de modo algum constrangido ou incomodado. Mas tudo aquilo foi feito com tal serenidade, com tal *nonchalance*, com tal compostura — com maneiras tão absolutamente distintas, em suma —, sem o menor sinal de impudência, que o que senti foi apenas admiração e surpresa.

Observei que, ao levantar o binóculo pela primeira vez, ela pareceu satisfazer-se com uma rápida observação de minha pessoa, e já estava guardando o instrumento quando, como se mudando de ideia, ergueu-o novamente, apontou-o para mim e ficou me olhando por vários minutos — por no mínimo cinco minutos, não tenho dúvida.

Essa iniciativa, tão incomum num teatro americano, atraiu a atenção geral e ocasionou um movimento indefinido, um *murmúrio*, da parte do público, que por um instante me deixou perturbado, sem produzir, porém, nenhum efeito na expressão do rosto de madame Lalande.

Tendo satisfeito sua curiosidade — se é que se tratava disso —, ela deixou o binóculo de lado e, tranquilamente, voltou outra vez a atenção para o palco; agora eu a via de perfil, como antes. Continuei olhando para ela sem parar, embora estivesse plenamente consciente da indelicadeza desse comportamento. Então eu vi a cabeça voltar-se devagar e ligeiramente, o que me convenceu de que a dama, embora fingindo olhar para o palco, estava na verdade me olhando com atenção. Nem é preciso dizer o efeito que aquela atitude, da parte de uma mulher tão fascinante, teve sobre minha mente tão facilmente excitável.

Então, tendo-me examinado por talvez um quarto de hora, o formoso objeto de minha paixão falou com o cavalheiro que a acompanhava, e, enquanto o fazia, eu percebi distintamente, pelos olhares dos dois, ser eu o assunto daquela conversa.

Encerrado o colóquio, madame Lalande voltou-se de novo para o palco e, por alguns minutos, pareceu absorta no espetáculo. Ao cabo desse intervalo, porém, eu me vi presa de extrema agitação ao ver que ela desdobrou pela segunda vez o binóculo que estava ao seu lado, olhou diretamente para mim como antes e, ignorando o novo murmúrio da plateia, passou a me observar, da cabeça aos pés, com a mesma prodigiosa compostura com que, havia pouco, tanto deleitara e perturbara meu espírito.

Esse comportamento extraordinário, que me provocou verdadeira febre de excitação — um verdadeiro delírio de amor —, teve o efeito de antes me encorajar que desconcertar. Na louca intensidade de meu devotamento, esqueci tudo menos a presença da visão majestosa e encantadora que tinha diante de meus olhos. Tendo esperado a oportunidade, quando julguei que a plateia estava totalmente concentrada na ópera, eu enfim cruzei o olhar com o de madame Lalande e, no mesmo instante, fiz-lhe uma leve mas inequívoca mesura.

Seu rosto se tingiu de forte rubor, e então ela desviou os olhos. Em seguida, devagar e prudentemente, olhou em volta, ao que parece para ver se meu comportamento temerário fora notado, e inclinou o corpo para o cavalheiro que estava ao seu lado.

Tive a tremenda sensação de ter agido de forma inconveniente, e esperava nada menos que o imediato desmascaramento, enquanto a visão de pistolas em duelo perpassava rápida e incomodamente meu cérebro. Mas me senti muitíssimo e imediatamente aliviado ao ver que a dama apenas passou ao cavalheiro um folheto com o programa do espetáculo, sem nada dizer; o leitor, contudo, não haverá de ter a verdadeira dimensão de meu assombro — minha delirante estupefação de coração e alma — quando, logo a seguir, tendo outra vez lançado um olhar furtivo à sua volta, ela permitiu que seus olhos brilhantes cruzassem diretamente com os meus, e então, com um leve sorriso que revelou brilhante fileira de dentes perolados, fez dois movimentos de cabeça, claros e distintos, que denotavam uma resposta positiva.

Naturalmente, não é o caso de falar de minha alegria, de meu arrebatamento, do infinito êxtase de meu coração. Se algum dia um homem perdeu o senso por excesso de felicidade, esse homem fui eu, naquele momento. Eu amava. Era o meu *primeiro* amor — e então deixei as coisas correrem soltas. Era um amor supremo, indescritível. Era "amor à primeira vista", e à primeira vista, também, fora apreciado e *correspondido.*

Sim, correspondido. Como e por que eu haveria de duvidar dele por um instante? Que outra interpretação poderia eu dar àquele comportamento da parte de uma dama tão linda, tão rica, em todos os aspectos tão respeitável, como eu estava certo de ser madame Lalande? Sim, ela me amava — ela correspondia à exaltação do meu amor com uma exaltação igualmente cega, impetuosa, desprendida e desmedida! Essas agradáveis fantasias e reflexões, contudo, foram interrompidas ao descer da cortina. O público se pôs de pé, e seguiu-se na mesma hora o tumulto de sempre. Afastando-me de Talbot abruptamente, fiz o maior esforço possível para aproximar-me mais de madame Lalande. Não o conseguindo devido à multidão, terminei por abandonar aquela caça e dirigi-me à minha casa; consolei-me do fato de não ter conseguido nem tocar a barra de sua saia lembrando-me de que Talbot nos apresentaria, dentro dos conformes, já no dia seguinte.

O dia seguinte enfim chegou; isto é: depois de uma longa e cansativa noite de impaciência, o dia enfim amanheceu; e, então, as horas que precederam a uma da tarde seguiram a passo de tartaruga, sombrias e inumeráveis. Mas tudo tem fim — e finalmente chegou ao fim aquela longa espera. O relógio bateu a hora. Quando o último eco se calou, entrei no hotel e perguntei por Talbot.

— Ele saiu — disse o criado de Talbot.

— Saiu?! — exclamei, recuando meia dúzia de passos. — Deixe-me dizer-lhe uma coisa, meu bom homem: isto é absolutamente impossível e inadmissível; o sr. Talbot não pode ter saído! O que você que dizer com isso?

— Nada, senhor. Só que o sr. Talbot não se encontra. Ele seguiu para S... logo depois do café da manhã, deixando o recado de que se ausentaria da cidade por uma semana.

Fiquei petrificado de horror e de raiva. Tentei responder, mas minha língua recusou-se a falar. Por fim, girei sobre os calcanhares, lívido de fúria, interiormente condenando toda a raça dos Talbot às mais profundas regiões do inferno. Era evidente que meu prestimoso amigo, *il fanatico,* esquecera completamente seu compromisso comigo, e o fizera tão logo acabou de se comprometer. Ele nunca foi muito de cumprir a palavra. Não havia jeito para isso. Assim, tentando controlar como podia minha agitação, segui sombriamente pela rua, fazendo perguntas inúteis sobre madame Lalande a cada conhecido com que deparava. Pelo que disseram, descobri que todos a conheciam — muitos, só de vista —, mas que ela ficara na cidade apenas algumas semanas, e muito poucos afirmavam conhecê-la em pessoa. Esses poucos, sendo ainda relativamente desconhecidos, não podiam, ou não desejavam, tomar a liberdade de me apresentar a ela formalmente, numa visita matinal. Enquanto eu estava assim desesperado, conversando com uma trinca de amigos sobre o absorvente objeto de meu desejo, aconteceu que este passou por nós.

— Por Deus, lá está ela! — exclamou um deles.

— Incrivelmente bela! — surpreendeu-se outro.

— Um anjo na terra! — comentou um terceiro, extasiado.

Eu olhei e, numa carruagem aberta que se aproximou de nós, passando devagar pela rua, estava a encantadora visão da ópera, acompanhada pela jovem dama que partilhara com ela o camarote.

— A companheira também se apresenta muito bem — comentou o que falara primeiro.

— É espantoso! — disse o segundo. — Ainda exibe belíssima aparência, mas a cosmética faz maravilhas. Por Deus, ela parece ainda melhor do que em Paris cinco anos atrás. E ainda está muito bonita, não acha, Froissart? Quer dizer... Simpson.

— *Ainda?!* — exclamei. — E por que não haveria de estar? Se comparada a sua companheira, essa última é como uma vela fraca, uma vela comparada à estrela da manhã — ou um vaga-lume comparado a Antares.

— Ah-ah-ah! Ora, Simpson, você tem tremendo talento para achados... quer dizer, achados originais! — E então nos separamos, e um dos três começou a cantarolar uma alegre e satírica canção de cabaré, da qual ouvi apenas os versos...

Ninon, Ninon, à bas...
À bas Ninon de L'Enclos!

Durante aquele pequeno episódio, uma coisa me serviu de grande consolo, embora tivesse alimentado a paixão que me consumia. Quando a carruagem de madame Lalande passara por nosso grupo, notei que madame me reconheceu e, mais do que isso, brindou-me com o mais seráfico de todos os sorrisos imagináveis, evidente sinal de reconhecimento.

Quanto à apresentação, fui obrigado a abandonar todas as esperanças até o momento em que Talbot achasse por bem voltar do campo. Nesse meio-tempo, tratei de frequentar assiduamente todos os lugares respeitáveis de divertimento público; por fim, no teatro onde a vira pela primeira vez, tive a suprema felicidade de encontrá-la e de tornar a trocar olhares. Isso só aconteceu, porém, depois de se terem passado quinze dias. Todos os dias, no decorrer desse tempo, perguntei por Talbot em seu hotel, e todos os dias tive um acesso de raiva diante do eterno "Ainda não voltou" de seu criado.

Na noite em questão, portanto, eu estava à beira da loucura. Madame Lalande, segundo me disseram, era parisiense, recém-chegada de lá... Será que não voltaria de repente, antes do regresso de Talbot, de modo que eu a perderia para sempre? Aquele pensamento era por demais terrível, insuportável. Como minha felicidade futura estava em jogo, resolvi tomar uma atitude viril. Numa palavra, ao final do espetáculo, segui a dama até sua residência, anotei o endereço e, na manhã seguinte, enviei-lhe uma longa carta, redigida com todo o esmero, na qual eu lhe escancarava as portas de meu coração.

Expressei-me de forma ousada, livremente — em suma, falei-lhe com paixão. Não lhe escondi nada — nem mesmo minhas fraquezas. Aludi às circunstâncias românticas de nosso primeiro encontro e até aos olhares que trocáramos. Cheguei a afirmar que tinha certeza de seu amor, ao mesmo tempo que considerava essa certeza, assim como a intensidade de meu devotamento, uma justificativa para meu comportamento, o qual, de outro modo, seria imperdoável. Como terceira justificativa, falei de meu receio de que ela se fosse da cidade antes que eu tivesse a oportunidade de uma apresentação formal. Concluí a mais exaltada carta que jamais saiu de minha pena com uma franca declaração de minhas condições econômicas — de minha riqueza — e ofertando-lhe meu coração e minha mão.

Esperei uma resposta em estado de grande agonia. Depois de um espaço de tempo que se me afigurou um século, a resposta chegou.

Sim, *ela chegou de fato*. Por mais romântico que isso possa parecer, recebi de fato uma carta de madame Lalande — a bela, rica e idolatrada madame Lalande. Seus olhos — seus magníficos olhos — não lhe desmentiram o nobre coração. Como autêntica francesa que era, obedecera aos francos ditames de sua razão — aos generosos impulsos de sua natureza —, desprezando o recato convencional do mundo. Ela não devolveu minha carta sem tê-la aberto! Em resposta, ela me enviou outra, escrita com seus maravilhosos dedos. Dizia o seguinte:

Monsieur Simpson, descupe não escrver em sua linga tam bein comu deverria. Chegei a pouco tempo e ainda não tive opportunité de l'étudier.

Pesso descupa por isso, mais agorra vou dizer — hélas! —, monsieur Simpson sua suposiçom é muito verdaderra. Preciso disser mais? Não esto preparrada para falar muito!

EUGÉNIE LALANDE

Beijei esse bilhete nobre e corajoso um milhão de vezes e o usei, sem dúvida, em mil outras extravagâncias que já me fugiram da memória. Mas Talbot continuava ausente. Pobre de mim! Se ele pudesse ter uma vaga ideia do sofrimento que sua ausência causara ao amigo, não teria ele, com sua natureza solidária, voado imediatamente em meu socorro? Não obstante, Talbot não vinha! Eu escrevi, ele respondeu. Negócios urgentes o detinham, mas em breve voltaria. Recomendou-me que não me impacientasse, que moderasse meus arroubos, que lesse livros tranquilizadores, que não tomasse nada mais forte do que vinho branco — e que me socorresse dos consolos da filosofia. O tonto! Se ele não podia vir pessoalmente, o quê, em nome de toda a racionalidade, o impedia de anexar uma carta de apresentação? Escrevi-lhe de novo, rogando-lhe que ma enviasse imediatamente. Minha carta foi devolvida por *aquele* criado com o seguinte bilhete, escrito a lápis. O patife fora ao encontro do amo no campo:

Partiu de S... ontem, com destino ignorado. Não disse para onde, nem quando vai voltar. Assim, achei melhor devolver a carta, pois conheço a sua letra e sei que o senhor está sempre mais ou menos apressado.

Cordialmente,

STUBBS

Depois disso, nem é preciso dizer, eu intimamente mandei aos infernos amo e criado — mas a raiva de nada adiantava, e a queixa não trazia nenhum consolo.

Em minha audácia natural, ainda me restava um recurso. Até então funcionara muito bem, e agora eu estava resolvido a valer-me dele para meu intento. Além disso, depois da correspondência que trocáramos, que outro ato que fugisse à normalidade, respeitados certos limites, poderia ser considerado indecoroso por madame Lalande? Desde o episódio da carta, passei a observar sua casa, e assim descobri que, ao entardecer, madame costumava sair a passear, acompanhada apenas de um negro de libré, numa praça pública para a qual suas janelas davam. Ali, em meio a árvores luxuriantes e umbrosas, na meia escuridão de um doce entardecer de verão, vi minha oportunidade e abordei madame Lalande.

Para melhor enganar o criado que a acompanhava, fi-lo com o ar desenvolto de um velho conhecido. Com a presença de espírito de boa parisiense, ela pegou a deixa na mesma hora e, para me cumprimentar, estendeu-me uma mãozinha mais que encantadora. O criado logo se deixou ficar para trás, e então, com os corações transbordantes, falamos longa e abertamente de nosso amor.

Como madame Lalande falava inglês ainda com menos fluência do que escrevia, tivemos de falar em francês. Nessa doce língua, tão adequada à paixão, dei vazão ao impetuoso ardor de minha natureza e, com toda a eloquência de que fui capaz, roguei-lhe que consentisse num casamento imediato.

Ela sorriu a tal manifestação de impaciência e insistiu na velha história do decoro — esse fantasma que afasta tanta gente da felicidade, até que a oportunidade se perca para sempre. Disse-me ela que eu, dando mostras de imprudência, falara aos meus amigos do desejo de conhecê-la, revelando assim que não a conhecia. Com isso, já não havia possibilidade de esconder a data em que nos conhecemos. E ela me chamou a atenção, ruborizando-se, para quão recente era essa data. Casar de imediato não seria correto — seria indecoroso — seria *outré*. Tudo isso foi dito com um encantador ar de *naïveté* que me encantava e, ao mesmo tempo, entristecia e convencia. Ela chegou a me acusar, rindo, de precipitação, de imprudência, e instou para que eu lembrasse que, na verdade, nem sabia quem ela era — quais eram suas expectativas quanto ao futuro, quem eram seus amigos, sua posição social. Rogou-me, embora com um suspiro, que eu reconsiderasse minha proposta e afirmou ser meu amor uma paixão de momento — mero fogo de palha — uma infundada e instável criação de minha imaginação, mais do que do coração. Disse essas coisas no momento em que as sombras do anoitecer nos envolviam mais e mais — e aí, com uma leve pressão de sua mão de fada, destruiu num breve e doce instante toda a teia da argumentaçao que acabara de desenvolver.

Respondi da melhor maneira que pude — maneira de que só um amante verdadeiro é capaz. Falei longa e insistentemente de minha veneração, de minha paixão, de sua beleza extraordinária e de minha ardente admiração. Para concluir, insisti, de modo firme e convincente, nos perigos que rondam o caminho do amor — o caminho do verdadeiro amor, que nunca é muito fácil — e daí inferi o evidente perigo de torná-lo desnecessariamente longo

Esse último argumento pareceu abrandar sua determinação, e madame Lalande cedeu. Mas ainda havia um empecilho, disse ela, ao qual eu não tinha dado a devida atenção. Era uma questão delicada — para uma mulher abordar, especialmente —, e, ao dizer isso, percebeu dever sacrificar seus sentimentos; para *mim,* porém, não se mediriam sacrifícios. Ela tocou no assunto da *idade.* Estava eu ciente — completamente ciente — da discrepância de nossas idades? O fato de um marido ser alguns anos mais velho — até uns quinze ou vinte anos — que a esposa era coisa perfeitamente aceita, e até mesmo desejável, mas ela sempre acreditara que a mulher nunca podia ser mais velha que o marido. Uma diferença desse tipo muitas vezes leva — infelizmente! — à infelicidade. Agora ela percebia que eu não tinha mais que vinte e dois anos; mas, ao contrário dela, eu *talvez* não soubesse que o número de anos de minha Eugénie ultrapassava em muito essa soma.

Em tudo aquilo havia uma nobreza de espírito — uma elevação e uma franqueza — que me deleitava, que me encantava e que me prendia em seus laços eternos. Eu mal podia conter o arrebatamento de que fui tomado.

— Minha dulcíssima Eugénie — exclamei —, de que é que você está falando?! Você é um pouco mais velha que eu, mas e daí? As regras de conduta do mundo não passam de tolices convencionais. Para os que amam como nos amamos, qual a diferença entre um dia e uma hora? Tenho vinte e dois anos, certo; na verdade você já pode me dar vinte e três. Agora você, minha querida Eugénie, não pode ter mais que... que... que... que...

Nisto, fiz uma pausa, esperando que madame Lalande interviesse dizendo sua idade, mas as francesas não são muito de respostas diretas. À guisa de resposta, elas sempre nos vêm com uma pergunta embaraçosa, uma pequena resposta pragmática. Naquele momento, Eugénie, que por alguns instantes parecera estar procurando algo junto ao peito, deixou enfim cair na grama um pequeno camafeu, que tratei imediatamente de apanhar e entregar a ela.

— Fique com ele! — disse Eugénie com um de seus sorrisos mais encantadores. — Fique com ele por mim... por aquela que o camafeu representa de forma tão lisonjeira. Além disso, atrás da joia você encontrará, talvez, a informação que parece desejar. Agora está ficando muito escuro, mas você pode examiná-la calmamente de manhã. Antes, porém, você será meu acompanhante esta noite. Meus amigos estão fazendo um pequeno sarau musical. Posso lhe assegurar que teremos um pouco de canto. Nós, franceses, não somos tão formalistas como vocês, americanos, e com certeza não terei dificuldade em fazê-lo entrar, discretamente, na qualidade de velho conhecido meu.

Dito isso, ela tomou meu braço, e eu a acompanhei até a sua casa A mansão era muito boa e bonita e, pareceu-me, era mobiliada com bom gosto. Quanto a esse último ponto, porém, não estou em condições de afirmar, pois quando chegamos estava muito escuro. E nas melhores mansões americanas, durante o calor estival, raramente se acendem luzes ao anoitecer, a mais agradável parte do dia. Cerca de uma hora depois que cheguei, acendeu-se uma lâmpada com abajur na principal sala de recepção. Essa peça, como então pude observar, era decorada com notável bom gosto e mesmo esplendor; mas duas outras salas contíguas, em que as pessoas se reuniam,

permaneceram toda a noite mergulhadas numa penumbra bastante agradável. Essa prática bastante conveniente, que dava aos participantes pelo menos a possibilidade de escolher entre luz e sombra, podia muito bem ser adotada por nossos amigos de além-mar.

Aquela noite foi sem dúvida uma das mais agradáveis de minha vida. Madame Lalande não tinha superestimado o talento musical de seus amigos. O canto que ali ouvi, que eu nunca ouvira antes, superava o de qualquer círculo particular de Viena. Os instrumentistas eram muitos e dotados de um talento superior. Em sua maior parte, o vocal era feito por senhoras, e nenhuma delas, individualmente, cantava menos do que bem. Por fim, quando se chamou encarecidamente "madame Lalande", ela, sem nenhuma afetação nem objeção, levantou-se imediatamente da *chaise longue* em que estava sentada ao meu lado e, acompanhada de um dos cavalheiros e de sua amiga da ópera, dirigiu-se ao piano da principal sala de recepção. Eu gostaria de tê-la acompanhado, mas sentia que, dadas as circunstâncias em que eu fora apresentado naquela casa, seria melhor ficar onde estava, sem chamar a atenção sobre minha pessoa. Assim, privei-me do prazer de vê-la cantar, mas não de ouvi-la.

A impressão que ela causou nos convidados foi eletrizante — mas o efeito que teve sobre mim foi ainda mais considerável. Não sei bem como descrever essa impressão adequadamente. Embora ela derivasse, sem dúvida, do sentimento de amor que me dominava, devia-se sobretudo à minha convicção da extrema sensibilidade da cantora. Está fora do alcance da arte dotar uma ária ou um recitativo de uma *expressão* mais apaixonada que a de madame Lalande. Sua expressão vocal num trecho lírico de *Otelo* — o tom que ela emprestou às palavras *Sul mio sasso,* nos Capuletti — ressoa em minha lembrança ainda hoje. Seus graves eram absolutamente miraculosos. Sua voz abrangia três oitavas completas, indo do ré de contralto ao ré de soprano e, embora com potência suficiente para alcançar todo o San Carlo[11], executou, com a máxima precisão, todas as escalas, cadências e floreados ascendentes e descendentes. No final da ópera *La Sonnambula*, ela conseguiu um efeito notabilíssimo nas palavras:

Ah! non giunge uman pensiero
Al contento ond'io son piena.

Nesse ponto, numa imitação de Malibran, ela modificou a frase original de Bellini para, numa rápida transição, atingir o sol da oitava mais aguda, passeando por um intervalo de duas oitavas. Elevando a voz acima do som do piano depois desses milagres de execução vocal, voltou a sentar-se ao meu lado, quando então lhe expressei, com o mais profundo entusiasmo, o quanto sua performance me agradara. Não falei nada sobre minha surpresa, não obstante tratar-se de surpresa absolutamente genuína; certa debilidade, ou, antes, certa indecisão trêmula de sua voz na conversa comum, me fizera supor que, ao cantar, ela não revelaria uma capacidade vocal notável.

[11] A famosa casa de ópera de Nápoles, na Itália. (N.E.)

Passamos então a uma conversa longa, séria, ininterrupta e absolutamente franca. Ela me pediu que lhe contasse coisas de minha vida pregressa e ouviu com toda a atenção cada uma de minhas palavras. Não escondi nada de sua afeição confiante — sentia que estava em meu direito tudo revelar. Encorajado por sua lhaneza na delicada questão da idade, não apenas abordei, da forma mais franca, os meus pequenos vícios, como também lhe um relato completo de minhas deficiências morais e mesmo físicas. A revelação dessas últimas, que requer grau ainda maior de coragem, constitui prova inequívoca de amor. Falei de minhas transgressões da época da faculdade, das farras, das dívidas, dos flertes. Cheguei até a falar de uma leve tosse que em certa altura me afligiu, de um reumatismo crônico, de pontadas devidas a uma gota hereditária e, para terminar, da desagradável e inconveniente, mas até então cuidadosamente disfarçada, fraqueza de meus olhos.

— Quanto a esse último ponto — disse madame Lalande —, você certamente foi imprudente em confessar; isso porque, sem a confissão, tenho certeza de que ninguém o acusaria do crime. Por falar nisso — ela continuou —, você se lembra... — E, aqui, tive a impressão de que, mesmo na escuridão do aposento, seu rosto se ruborizou. — Você se lembra, *mon cher ami,* desse pequeno aparelho de auxílio ocular que tenho aqui pendurado ao pescoço?

Enquanto falava, ela fazia girar entre os dedos o mesmo binóculo que me causou tanta perplexidade na ópera.

— Lembro-me dele muito bem, pobre de mim! — exclamei, apertando apaixonadamente a delicada mão que me passava o binóculo para que eu o examinasse. Ele constituía um complexo e magnífico brinquedo, ricamente cinzelado e filigranado, cintilante de pedras preciosas, as quais, mesmo àquela luz insuficiente, eu não podia deixar de perceber serem muito valiosas.

— *Eh bien! Mon ami* — tornou ela, com uma presteza que me surpreendeu. — *Eh bien! Mon ami*, você me rogou um favor que classificou prazenteiramente de inestimável. Pediu que nos casássemos amanhã. Se eu ceder a suas súplicas — e, posso acrescentar, aos anseios de meu coração — não terei o direito de pedir-lhe um favorzinho em troca?

— Diga o que é! — exclamei outra vez, com tamanha ênfase que fez os convidados voltarem a atenção para nós, e só a presença deles impediu que me arrojasse aos pés dela. — Diga o que é, minha amada, minha Eugénie, meu bem! Ora, diga o que é, e você o terá antes de terminar de fazer o pedido!

— Então você deve superar, *mon ami* — disse ela —, pela Eugénie que você ama, essa pequena fraqueza que acabou de confessar — essa fraqueza que é antes moral do que física e que, permita a observação, não combina muito bem com a nobreza de seu verdadeiro caráter, nada tem a ver com a franqueza de seu verdadeiro caráter e, se não for corrigida a tempo, com certeza haverá de, mais cedo ou mais tarde, metê-lo numa tremenda enrascada. Você deve superar, por minha causa, esse fingimento que o leva, como você mesmo admite, à negação tácita ou implícita da deficiência de sua visão. Porque você a nega virtualmente no momento em que se recusa a usar os recursos normais para sua correção. Assim, você entenderá que desejo que use óculos; ah, *pst!*, você já concordou em usá-los, *por mim*. Aceite o brinquedinho que tenho na mão e que, embora de grande auxílio para a visão, na verdade não tem grande valor como joia. Você entende que, com uma alteração assim — ou assim —, ele pode ser adaptado aos olhos na forma de óculos ou usado no bolso do casaco como monóculo. É um tanto antigo, mas você já consentiu em usá-lo, *por mim*.

Esse pedido — devo confessar? — me confundiu um bocado. Mas, naturalmente, a condição à qual estava ligado me impedia de manifestar qualquer hesitação.

— De acordo! — respondi, com todo o ânimo que consegui conjurar naquele momento. — Consinto com toda a alegria. Por você, sacrifico qualquer sentimento. Esta noite, vou usá-lo como se fosse um monóculo, junto ao coração; mas, logo à primeira luz da manhã do dia em que me dará a satisfação de chamá-la minha esposa, eu colocarei no nariz e passarei a usar, conforme seu desejo, esse acessório nada romântico, nada elegante, mas com certeza bastante útil.

Nossa conversa se voltou então para os detalhes e preparativos para o dia seguinte. Talbot, eu o soube por minha noiva, acabara de chegar à cidade. Eu devia procurá-lo de imediato e arranjar uma carruagem. A *soirée* não haveria de se encerrar antes das duas da manhã; naquela altura, o veículo já estaria à porta. Aí, na confusão da partida dos convidados, madame L. podia muito bem entrar nele sem ser vista. Iríamos então à casa de um padre, que estaria nos esperando; lá nos casaríamos, deixaríamos Talbot e partiríamos em rápida viagem para o leste, deixando para trás o mundo elegante, para que este fizesse os comentários que melhor lhe aprouvesse.

Tendo feito todos esses planos, saí na mesma hora e fui procurar Talbot. No caminho, porém, não consegui me conter e entrei num hotel para examinar o camafeu; e isso eu fiz com a ajuda das poderosas lentes. O rosto era de uma beleza deslumbrante! Aqueles grandes olhos brilhantes! Aquele orgulhoso nariz grego! Aqueles luxuriantes cabelos anelados! "Ah!", exclamei de mim para mim, exultante. "Esta é a própria imagem de minha amada!" Virei a joia e descobri as palavras *Eugénie Lalande — com vinte e sete anos e sete meses.*

Encontrei Talbot no hotel dele e tratei de informá-lo de minha felicidade. Talbot se mostrou espantadíssimo, claro, mas me parabenizou muito cordialmente e se dispôs a me ajudar no que fosse possível. Para encurtar a história, fizemos à risca todo o planejado e, às duas da manhã, exatamente dez minutos depois da cerimônia, encontrei-me numa carruagem fechada com madame Lalande, ou melhor, com a sra. Simpson, e afastamo-nos a grande velocidade da cidade na direção norte-nordeste.

Talbot recomendara que, como ficaríamos acordados durante toda a noite, fizéssemos nossa primeira parada em C..., um vilarejo a pouco mais de trinta quilômetros da cidade, e lá tomássemos um café da manhã um tanto adiantado e descansássemos um pouco antes de seguir viagem. Assim, exatamente às quatro horas, a carruagem parou à entrada da melhor hospedaria do lugar. Ajudei minha adorada a descer da carruagem e pedi de pronto o café da manhã. Nesse meio-tempo, conduziram-nos a uma pequena sala de estar, e nos sentamos.

Estava amanhecendo, se é que já não amanhecera; e, quando olhei, enlevado, para o anjo ao meu lado, veio-me imediatamente à mente a estranha ideia de que aquela era a primeira ocasião, desde que travara contato com o festejado encanto de madame Lalande, que eu tinha o prazer de olhá-la bem de perto, ao menos à luz do dia.

— E agora, *mon ami* — disse ela tomando-me a mão e, assim, interrompendo o fluxo de minhas reflexões. — E agora, *mon cher ami*, como agora somos uma só pessoa, como cedi aos seus rogos apaixonados e cumpri a minha parte de nosso acordo, imagino que você não esqueceu que também tem um pequeno favor a fazer... uma pequena promessa que deseja cumprir. Ah, deixe-me ver! Deixe-me lembrar! Sim, eu me lembro com toda facilidade das exatas palavras da promessa que você fez à sua Eugénie na noite passada. Ouça! Você disse assim: "Consinto com toda a alegria. Por você, sacrifico qualquer sentimento. Esta noite, vou usá-lo como se fosse um monóculo, junto ao coração, mas, logo à primeira luz da manhã do dia que me dará a satisfação de chamá-la minha esposa, eu colocarei no nariz e passarei a usar, conforme seu desejo, esse acessório nada romântico, nada elegante, mas com certeza bastante útil". Foi exatamente isso que você disse, não foi, meu amado esposo?

— Foi, sim — disse eu. — Você tem memória excelente, e pode acreditar, minha bela Eugénie, que não tenho a menor intenção de me furtar a agir de acordo com o prometido. Olhe! Veja! Eles me assentam bem, não? — E então, tendo disposto as lentes em forma de óculos, ajustei-as na posição adequada, enquanto madame Simpson, ajeitando a boina e cruzando os braços, endireitava-se resolutamente na cadeira, numa postura um tanto empertigada, afetada e, para falar a verdade, não muito distinta.

— Oh, meu Deus! — exclamei, quase no mesmo instante em que a armação dos óculos pousou em meu nariz. — Oh, meu Deus! Meu Deus! O que é que há de errado com estes óculos? — acrescentei, e, tendo-os retirado de imediato, limpei-os cuidadosamente com um lenço de seda e os ajustei de novo.

Mas, se no primeiro instante acontecera algo que me surpreendeu, essa surpresa logo se transformou em assombro, um assombro extremo, profundo, posso dizer mesmo horrível. O quê, em nome do que há de mais hediondo, aquilo significava? Será que eu podia mesmo acreditar em meus olhos? *Podia?!* — essa era a questão. Será que aquilo era ruge?! E aquilo que eu via eram... eram... *rugas* no rosto de Eugénie Lalande?! Ah, ó Júpiter e todos os deuses e deusas, grandes e pequenos! Que... que... que acontecera com seus dentes? Lancei os óculos violentamente ao chão e, pondo-me de pé de um salto, me postei no meio da sala diante da sra. Simpson com as mãos nos quadris, arreganhando os dentes num esgar, espumando, mas, ao mesmo tempo, mudo de terror e de fúria.

Como eu já disse, madame Eugénie Lalande — isto é, Simpson — falava inglês só um pouco melhor do que escrevia, e por isso nunca tentava fazê-lo em ocasiões normais. Mas a raiva pode levar uma dama a qualquer extremo e, naquela circunstância, fez que a sra. Simpson tentasse entabular conversa numa língua que ela entendia muito pouco.

— Orra, *monsieur*... — disse ela, depois de ter me lançado um olhar inquiridor, fingindo grande surpresa por alguns instantes. — Orra, *monsieur*... que é o poblema? Que é o poblema agorra? Você é com dance de Sanvitô[12]? Se não goste de mi, por que comprar cato por lebre?

— Miserável! — disse eu, ofegante. — Sua... sua... sua bruxa velha e desgraçada!

— Buxa? Vela? Me não ser tão vela assim! Não ser mas vela nem um dia mas que otenta e tois!

— Oitenta e dois anos?! — exclamei, cambaleando para apoiar-me à parede. — Oitenta e dois mil macacos! No camafeu, lia-se vinte e sete anos e sete meses!

— Mas claro! É essa ferdade! Mas a retrato foi veito há cinquanta três anos. Quando me casô com secondo marrido, monsieur Lalande. Na ocasion fiz esse retrato parra minha filia do primerro marrido, monsieur Moissart!

— Moissart?! — exclamei.

— Sim, Moissart! — confirmou ela, imitando minha pronúncia, a qual, para falar a verdade, não era lá muito boa. — E taí? Que *você* sabe de Moissart? — ela perguntou.

— Nada, sua velha medonha! Não sei absolutamente nada sobre ele, só que tive um avô com esse nome.

[12] Dança de são vito é o nome tradicional da coreia de Sydenham, uma manifestação da febre reumática que se caracteriza por movimentos musculares muito rápidos e muito descordenados. (N.E.)

— Esse nome?! O que focê ten contro esse nome? É nome munto pom, e Voissart é um nome munto pom tamben. Minha filia, mademoiselle Moissart, cassou com monsieur Voissart — e os tois som nome munto respetáfel!

— Moissart?! — disse eu. — E Voissart?! Ora, o que quer dizer com isso?

— O que querro tisser? Querro tisser Moissart e Voissart, e, por falarr esso, tanbén me refirro a Croissart e Froissart, se eu acharr que tevo. A filia de mia filia, mademoiselle Voissart, casa com o monsieur Croissart, e depôs a fília de minha fília, mademoiselle Croissart, ela casa monsieur Froissart, e por o visto focê não acha esse nome munto respetável.

Froissart?! — exclamei, ameaçando desfalecer. — Ora, com certeza você não está falando de Moissart, Voissart, Croissart e Froissart?

— Si — respondeu ela, recostando-se na cadeira e esticando bem as pernas. — Si, Moissart, Voissart, Croissart e Froissart. Mas monsieur Froissart erra um grande tonto, como vocês dizer. Erra um grande bobo como focê, porque deixou la belle France e vem parra esso estúpita Amérrica — e, quando chegô aqui, ele teve filho *munto* estúpito, *munto* estúpito, me disserrom, emborra eu não teve prazer de conhecer ainda, nem mia companherra, madame Stephanie Lalande. Ele é nome de Napoleon Bonaparte Froissart, e acho focê dizer esso nome não ser muito respetável.

Fosse por sua extensão, fosse por sua natureza, essa fala teve o efeito de mergulhar a sra. Simpson numa exaltação extraordinária; e, quando a encerrou com grande esforço, ela, em seu movimento brusco para levantar-se da cadeira, como se enfeitiçada, deixou cair no chão as ancas postiças. Uma vez de pé, rangeu as gengivas, sacudiu os braços, arregaçou as mangas, brandiu o punho diante de meu rosto e concluiu a performance arrancando a boina da cabeça e, com ela, uma imensa peruca de belos e admiráveis cabelos negros, que jogou no chão com um grito, e então sapateou e dançou um fandango sobre ela, num tremendo acesso de desespero e raiva.

Enquanto isso, deixei-me cair horrorizado na cadeira de que ela se levantara. — Moissart e Voissart! — repeti eu pensativamente, enquanto ela interrompia um passo de dança. — Croissart e Froissart — tornei a dizer, quando ela completou outro. — Moissart, e Voissart, e Croissart, e Napoleon Bonaparte Froissart?! Ora, sua indizível e velha serpente, sou *eu*! Sou *eu,* está ouvindo? Sou *eu!* — e, nisto, eu já estava gritando o mais alto que podia. — Sou *eeeuuuu!* Eu sou Napoleon Bonaparte Froissart, e me casei com a minha trisavó, e quero ser amaldiçoado para sempre!

Madame Lalande, quase Simpson — ex-Moissart —, era, de fato, minha trisavó. Quando jovem, ela fora bela e, aos oitenta e dois, conservava a altivez, as linhas esculturais da cabeça, os belos olhos e o perfil grego de sua mocidade. Valendo-se desses trunfos, mais pó cosmético, ruge, peruca, dentes postiços e postura forçada, além das mais habilidosas modistas de Paris, ela conseguia manter uma posição destacada entre as beldades mais idosas da metrópole francesa. Nesse aspecto, ela de fato poderia ser vista como nada menos que uma igual da famosa Ninon De L'Enclos.[13]

Ela era riquíssima e, tendo ficado viúva pela segunda vez, sem filhos, lembrou-se de que eu morava na América; tencionando fazer-me seu herdeiro, visitou os Estados Unidos em companhia de uma parente distante do segundo marido, madame Stéphanie Lalande, mulher belíssima.

Na ópera, a atenção de minha trisavó foi despertada por meu olhar atento e, olhando pelo binóculo, ficou impressionada com certa semelhança de traços de sua família que viu em mim. Tendo seu interesse despertado e sabendo que o herdeiro que ela procurava se encontrava mesmo na cidade, buscou informar-se sobre minha pessoa. O cavalheiro que a acompanhava me conhecia e disse-lhe quem eu era. Foi essa informação que a fez olhar-me uma segunda vez e me levou ao comportamento ousado e absurdo que já relatei. Madame Lalande retribuiu minha mesura, sob a impressão, porém, de que eu descobrira quem ela era. Quando eu, enganado por minha visão deficiente e pelas artes da toalete quanto à idade e encantos da dama estrangeira, perguntei entusiasmado a Talbot quem era ela, ele naturalmente achou que eu me referia à jovem beldade, e então me informou, sem faltar à verdade, que se tratava da "famosa viúva madame Lalande".

[13] Escritora francesa do século XVII que, famosa pela agitada vida amorosa, teve amantes até quando beirava os oitenta anos de idade. (N. T.)

Na rua, na manhã seguinte, minha trisavó encontrou Talbot, que ela conhecera em Paris havia muito, e a conversa derivou, também muito naturalmente, para minha pessoa. Talbot lhe falou de minha visão deficiente, pois isso era fato conhecido de todos, embora eu o ignorasse por completo; e minha boa e velha parente descobriu, para seu pesar, que se enganara ao supor que eu a reconhecera como alguém da família e que eu estava apenas fazendo papel de bobo ao cortejar, abertamente, num teatro, uma velha senhora desconhecida. Para me castigar por essa atitude imprudente, armou uma trama junto com Talbot. Ele procurou manter distância de mim para evitar apresentar-me a ela. Quando procurei me informar, na rua, sobre a "encantadora viúva, madame Lalande", todos acharam, é claro, que eu me referia à mulher mais jovem; e assim se explica a conversa que tive com os três cavalheiros que encontrei depois de haver saído do hotel em que Talbot estava hospedado; como também se explica sua alusão a Ninon De L'Enclos. Não tive a oportunidade de ver madame Lalande de perto à luz do dia, e, na sua *soirée* musical, minha tola resistência ao uso de óculos me impediu de descobrir sua idade. Quando "madame Lalande" foi chamada a cantar, o pedido se dirigia à jovem, e foi esta quem se levantou para atender; minha trisavó, para me envolver ainda mais no logro, levantou-se no mesmo instante para acompanhá-la ao piano da principal sala de estar. Se eu tivesse me disposto a segui-la, era sua intenção me dizer ser mais conveniente permanecer onde eu estava. Minha própria prudência, porém, tornou isso desnecessário. As canções que tanto admirei, e que confirmaram a impressão de que minha dama era uma jovem, foram cantadas por madame Stéphanie Lalande. O binóculo me foi oferecido para acrescentar ao logro uma censura, uma picada a mais para marcar bem a tapeação. A oferta dos óculos criou uma oportunidade para a lição que ela me deu, com tanta ênfase, sobre o fingimento. Nem é preciso dizer que as lentes do instrumento usado pela velha senhora foram substituídas por outras, mais adequadas aos meus olhos. Elas me serviram perfeitamente.

O homem que fingiu atar o laço fatal era um amigo folgazão de Talbot, e não um padre. Não obstante, ele cumpriu sua tarefa às maravilhas e, após ter trocado a batina por um grande casaco, conduziu a carruagem com o "feliz casal" para longe da cidade. Talbot sentou-se ao lado dele. Assim, os dois patifes assistiram a tudo e, por uma janela entreaberta da sala de estar da hospedaria, divertiram-se a valer com o *dénouement* do drama. Acho que serei forçado a desafiar os dois para um duelo.

Não obstante, *não* sou o marido de minha trisavó, o que para mim é um imenso alívio. Mas sou o marido de madame Lalande, de madame Stéphanie Lalande, com a qual minha boa e velha parente, além de me fazer seu herdeiro universal por morte sua, se é que vai morrer um dia, deu-se ao trabalho de me arranjar um casamento. Para terminar: nunca mais vou escrever *billets doux,* e nunca mais vão me encontrar sem ÓCULOS.

O método do dr. Tarr e do professor Fether

Durante o outono de 18..., quando fazia uma viagem pelas províncias do extremo sul da França, eu em certa altura me encontrei a alguns quilômetros de certa *maison de santé*, ou clínica particular de alienados, sobre a qual ouvira muitos comentários em Paris de meus amigos médicos. E, como nunca tinha visitado um lugar desse tipo, achei que a oportunidade era boa demais para deixar passar. Assim, propus a meu companheiro de viagem (um cavalheiro que eu conhecera casualmente alguns dias antes) que nos desviássemos nossa rota por uma hora mais ou menos, para dar uma olhada no estabelecimento. Ele se recusou a isso, primeiro alegando pressa, depois confessando um horror bastante comum à visão de um louco. Ele me rogou, porém, que não deixasse que mera cortesia para com ele impedisse a satisfação de minha curiosidade; disse que seguiria viagem devagar, de forma que eu pudesse alcançá-lo mais tarde ou no dia seguinte. Quando nos despedimos, ocorreu-me que talvez eu tivesse alguma dificuldade de conseguir permissão para entrar nas dependências do asilo, e disse isso a meu amigo. Ele respondeu que, de fato, a menos que eu conhecesse pessoalmente o superintendente, monsieur Maillard, ou tivesse comigo alguma carta de apresentação, talvez tivesse alguma dificuldade, visto que os regulamentos desses asilos particulares costumam ser mais rigorosos que os dos hospitais públicos. Acrescentou que já conhecia Maillard havia alguns anos e que me acompanharia até a porta do estabelecimento para me apresentar a ele, embora sua disposiçao em relação ao tema da loucura não lhe permitisse entrar na casa.

Agradeci-lhe, e, saindo da estrada principal, adentramos uma estrada secundária coberta de grama alta, a qual, ao cabo de meia hora de viagem, por pouco não se perdia numa densa floresta, cobrindo o sopé de uma montanha. Cavalgamos uns três quilômetros através dessa mata úmida e sombria e então avistamos a *maison de santé*. Era um *château* estrambótico, muito deteriorado, dificilmente habitável devido à idade e à incúria. Seu aspecto me inspirou imenso pavor e, refreando meu cavalo, resolvi dar meia-volta e ir embora. De imediato, porém, senti vergonha de minha fraqueza e prossegui. Enquanto avançávamos rumo ao portão, notei que estava entreaberto e vi o rosto de um homem que olhava pela abertura. Logo depois, o homem veio ao nosso encontro, chamou meu companheiro pelo nome, apertou-lhe a mão cordialmente e convidou-o a apear-se. Era o próprio monsieur Maillard. Era um cavalheiro às antigas, de porte digno e boa aparência, modos educados e certo ar de circunspeção, gravidade e autoridade que causava forte impressão.

Meu amigo, tendo me apresentado, falou de meu desejo de conhecer o estabelecimento. Monsieur Maillard lhe garantiu que me daria toda a atenção; meu amigo então se despediu, e não o vi mais.

Quando ele partiu, o superintendente me conduziu a uma sala de estar muito bem arrumada, contendo, entre outros objetos de gosto refinado, inúmeros livros, desenhos, vasos de flores e instrumentos musicais. A um piano, cantando uma ária de Bellini, estava uma jovem muito bonita que, quando eu entrei, interrompeu a canção e me recebeu com graciosa polidez. Sua voz era baixa, e seus modos, muito suaves. Julguei também notar traços de tristeza em seu semblante, que era excessivamente pálido, embora isso não me desagradasse. Suas roupas denotavam um luto fechado, e ela me despertou no peito uma mescla de respeito, interesse e admiração.

Eu ouvira dizer, em Paris, que a instituição de monsieur Maillard regia-se pelo que se chamava vulgarmente de "método brando": não se aplicava nenhuma punição e raramente se recorria ao confinamento. Os internos, embora observados secretamente, eram deixados em aparente liberdade, e à maioria se permitia andar pela casa e pelo entorno trajando roupas próprias das pessoas de mente sã.

Levando isso em conta, tive o cuidado de pensar no que dizer diante da jovem, porque não podia saber ao certo se ela estava em seu perfeito juízo. E, com efeito, havia certo brilho inquieto em seus olhos que me fez supor que não. Assim sendo, limitei meus comentários a assuntos gerais que, no meu entender, não poderiam excitar ou desagradar nem mesmo um louco. Ela respondeu com

a maior naturalidade a tudo o que eu lhe disse, e até suas observações um tanto incomuns revelavam muito bom senso. Uma longa familiaridade com a metafísica da mania, porém, me ensinara a não acreditar em tal prova de sanidade, e continuei a tomar, ao longo de toda a conversa, os cuidados com que a iniciara.

Em certa altura, um criado de libré trouxe uma bandeja com frutas, vinho e outras iguarias, das quais nos servimos, e logo depois a jovem deixou a sala. Mal ela saiu, lancei um olhar interrogativo ao meu anfitrião.

— Não — disse ele. — Ah, não!... Um membro da minha família; minha sobrinha, uma mulher muito atilada.

— Peço mil desculpas por essa dúvida — respondi. — Mas, naturalmente, o senhor saberá me perdoar. Sua excelente administração desta casa é reconhecida em Paris, e achei ser possível, sabe...

— Sim, sim — não precisa dizer mais nada — ou, antes, sou eu quem lhe deve agradecimentos pela louvável prudência de que deu mostras. Raramente os jovens têm essa qualidade. E, mais de uma vez, tivemos certos contratempos desagradáveis devidos a atitudes irrefletidas da parte de nossos visitantes. Quando meu antigo método estava sendo usado, e meus pacientes tinham permissão para ir e vir, eles eram muitas vezes levados a perigosa agitação por pessoas levianas que vinham visitar a casa. Por causa disso, fui obrigado a implantar um rígido sistema de exclusão e passei a dar acesso ao estabelecimento apenas às pessoas dignas de minha confiança.

— Quando seu método *antigo* estava sendo usado?! — exclamei, usando as palavras dele. — Quer dizer então que o "método brando", de que tanto ouvi falar, já não se aplica mais aqui?

— Já faz semanas que resolvemos renunciar a ele para sempre.

— Nossa! Isso muito me espanta!

— Senhor — disse ele, com um suspiro —, nós descobrimos que era absolutamente necessário voltar aos métodos de antes. O *risco* do método brando era uma constante causa de temores; além disso, suas vantagens foram muito superestimadas. Acredito que, se algum dia houve uma experiência séria, ela foi feita nesta casa. Fizemos tudo o que o espírito humanitário racional poderia inspirar. Lamento que o senhor não tenha nos visitado há mais tempo, para que pudesse julgar por si mesmo. Mas imagino que esteja inteirado do método brando... de seus detalhes.

— Não totalmente. O que eu ouvi foi de terceira ou quarta mão.

— Então vou expor-lhe o método, em linhas gerais, como um sistema em que os pacientes eram *ménagés*... tinham suas vontades satisfeitas. Não contrariávamos nenhuma fantasia que entrava no cérebro do louco. Pelo contrário, nós não apenas as tolerávamos, mas também as estimulávamos; e muitas das nossas curas mais permanentes foram feitas dessa maneira. Não existe nenhum argumento que toque a fraca razão de um louco como a *reductio ad absurdum*. Tivemos homens, por exemplo, que achavam que eram galinhas. A cura consistia em insistir que isso era verdade, em acusar o paciente de não estar perfeitamente convencido de que isso era verdade — e então, por uma semana, recusar-lhe uma dieta que não fosse própria de uma galinha. Assim, um pouco de milho e pedrinhas realizavam milagres.

— Mas a coisa se resumia a esse tipo de condescendência?

— De modo algum. Nós esperávamos muito de divertimentos simples, como música, dança, exercícios de ginástica em geral, jogos de cartas, certos tipos de livro, e assim por diante. Fingíamos tratar cada indivíduo como se fosse vítima de alguma doença física comum e nunca usávamos a palavra "demência". Um ótimo recurso era encarregar cada louco de observar as ações dos outros. Demonstrar confiança no discernimento de um louco é conquistar-lhe o corpo e a alma. Com isso, podíamos prescindir de uma dispendiosa equipe de enfermeiros.

— E vocês não aplicavam nenhum tipo de punição?

— Não.

— E nunca confinavam seus pacientes?

— Muito raramente. Vez por outra, quando a doença de algum indivíduo levava-o a uma crise, nós o levávamos a uma cela secreta, para evitar que seu descontrole afetasse os demais, pois não há o que fazer com um louco furioso. Normalmente ele é encaminhado a hospitais públicos.

— E agora tudo isso foi mudado... o senhor acha que é melhor assim?

— Sem dúvida. O método tinha suas desvantagens e até riscos. Agora ele foi suprimido em todas as *maisons de santé* da França.

— Muito me surpreende o que o senhor me diz — comentei —, pois eu estava certo de que, nesta altura, não havia outro método de tratamento em nenhum lugar do país.

— O senhor ainda é jovem, meu amigo — respondeu meu anfitrião. — Mas chegará o dia em que aprenderá a julgar por si mesmo o que vai pelo mundo, sem confiar na conversa dos outros. Não acredite no que ouve e só acredite na metade do que vê. Agora, quanto às nossas *maisons de santé,* está claro que alguns ignorantes o induziram a erro. Mas, depois do jantar, quando já estiver recuperado do cansaço da cavalgada, terei prazer em lhe mostrar o estabelecimento e apresentar-lhe um método que, em minha opinião e na de todos os que o viram ser aplicado, é de longe o mais eficiente jamais concebido.

— Desenvolvido pelo senhor? — perguntei.

— Tenho o orgulho — respondeu ele — de confirmar que sim, ao menos em certa medida.

Assim, conversei com monsieur Maillard por uma ou duas horas, durante as quais ele me mostrou os jardins e estufas do estabelecimento.

— No momento, nao posso mostrar-lhe os pacientes — disse ele. — Para uma mente sensível, há sempre um choque, maior ou menor, diante de tais visões, e não quero estragar-lhe o apetite para o jantar. Vamos jantar. Posso lhe oferecer vitela *à la Sainte-Menehould* com couve-flor ao molho *velouté.* Em seguida, um copo de Clos de Vougeôt, e então seus nervos ficarão suficientemente fortalecidos.

Às seis, o jantar foi anunciado. Meu anfitrião me conduziu a uma grande *salle à manger,* onde se encontrava grande número de pessoas — ao todo, vinte e cinco ou trinta. Pelo visto, tratava-se de gente de alto nível social — embora seus trajes, a meu ver, dessem mostras de uma riqueza extravagante que lembrava

o gosto pela ostentação da *vieille cour*. Notei que pelo menos dois terços dos convidados eram constituídos de damas e que muitas delas não se vestiam, de modo algum, de uma forma que um parisiense, nos dias de hoje, pudesse considerar de bom gosto. Muitas mulheres, por exemplo, que não deviam ter menos de setenta anos, estavam enfeitadas com profusão de joias, anéis, braceletes e brincos, exibindo os braços e o colo vergonhosamente nus. Notei também que poucas daquelas roupas eram bem cortadas — ou, pelo menos, que pouquíssimas delas assentavam em quem as usava. Passeando os olhos pelo grupo, avistei a interessante jovem que me fora apresentada por monsieur Maillard na pequena sala de estar. Mas muito me surpreendeu vê-la usar saia-balão e anquinhas, sapatos de salto alto e uma touca suja de renda de Bruxelas, tão grande para ela que lhe fazia o rosto parecer ridiculamente minúsculo. Quando eu a vi pela primeira vez, ela trajava uma roupa de luto que lhe assentava muito bem. Em suma, era tal a estranheza dos trajes de toda aquela gente, que a princípio voltei à ideia inicial do "método brando" e comecei a desconfiar que monsieur Maillard tivera a intenção de me enganar até depois do jantar, para que eu não me sentisse constrangido durante a refeição ao ver-me rodeado de loucos. Mas lembrei-me de ter sido informado, em Paris, de que os provincianos meridionais eram gente excêntrica, cheia de ideias antiquadas; e, conversando com vários dos presentes, minhas apreensões logo se dissiparam por completo.

A própria sala de jantar, embora bastante confortável e bem dimensionada, não era nem um pouco elegante. Por exemplo, o chão não era atapetado;

na França, porém, muitas vezes se prescinde do tapete. Desprovidas de cortinas, as janelas estavam fechadas com barras de ferro dispostas em diagonal, à maneira das que se usam em nossas lojas. Observei também que a peça constituía uma ala do *château*. Assim, as janelas situavam-se em três lados do paralelogramo, e a porta, no outro. No total, havia nada menos que dez janelas.

A mesa estava soberbamente bem servida. Havia grande abundância de pratos e mais ainda de iguarias. A profusão era uma coisa bárbara. Havia pratos para banquetear uma raça de gigantes. Eu nunca testemunhara tal superabundância e esbanjamento das boas coisas da vida. Não obstante, um gosto duvidoso presidira à organização do banquete, e meus olhos, acostumados a luzes mais suaves, ressentiam-se do brilho excessivo de uma infinidade de velas de cera, as quais, em candelabros de prata, espalhavam-se pela mesa, pelo salão, por toda parte, enfim, em que se conseguira achar lugar. Vários criados azafamavam-se servindo os convidados; a uma mesa grande, no fundo do salão, havia sete ou oito pessoas com violinos, pífaros, trombones e um tambor. Durante o repasto, aqueles sujeitos me aborreceram muito, a intervalos regulares, com uma infinita variedade de ruídos que se pretendiam música e que pareciam agradar a todos os presentes, com exceção de minha pessoa.

No conjunto, eu não conseguia deixar de pensar que tudo o que eu via tinha muito de *bizarre*; mas acontece que o mundo é feito de todo tipo de pessoa, com todas as formas de pensar e todos os tipos de costume convencional. Além

disso, eu era viajado o bastante para adotar a fórmula *nil admirari*[14]; assim sendo, tomei muito calmamente meu lugar ao lado do anfitrião e, estando com excelente apetite, fiz justiça aos comes e bebes que estavam diante de mim.

Durante o jantar, fluiu uma conversa animada e generalizada. As damas, como sempre, falavam muito. Logo percebi que quase todos os convivas eram instruídos, e meu anfitrião era uma verdadeira enciclopédia de histórias engraçadas. Parecia muito desejoso de falar sobre sua posição de superintendente da *maison de santé*. E, com efeito, o tema da loucura, para minha grande surpresa, era um dos preferidos de todos os presentes. Contaram-se muitos casos divertidos sobre os *caprichos* dos pacientes.

— Certa vez tivemos aqui um indivíduo — disse um cavalheiro baixo e gordo à minha direita — que pensava ser uma chaleira. A propósito, não é muito estranho quão frequentemente essa ideia esquisita entra na cabeça dos loucos? Raros são os asilos da França que não têm sua chaleira humana. *Nosso* cavalheiro era uma chaleira britânica e tinha o cuidado de polir-se toda manhã com bucha e cal.

Depois disse o homem alto sentado à minha frente tivemos aqui, há pouco tempo, uma pessoa que metera na cabeça que era um burro... e vocês haverão de dizer que, em termos metafóricos, era a pura verdade. Ele era um paciente agitado, e tínhamos muita dificuldade em mantê-lo sob controle. Durante muito tempo, ele se alimentou de cardos, mas logo o curamos

[14] Expressão em latim que significa "não surpreender-se com nada". (N. E.)

insistindo em que ele não devia comer outra coisa senão cardo. Ele vivia escoiceando bem assim, ó...

— Monsieur De Kock, eu ficaria muito grata se o senhor se comportasse direito! — interrompeu-o uma senhora sentada ao lado dele. — Por favor, controle os próprios pés! O senhor estragou meu brocado! Por favor, é mesmo preciso demonstrar uma informação de modo tão concreto? Com certeza, nosso amigo aqui há de compreender sem esse estardalhaço todo. Pode acreditar: o senhor é tão burro quanto o pobre desgraçado imaginava ser. Puxa, você é muito bom nisso de dar coices!

— *Mille pardons, ma'm'selle!* — respondeu monsieur De Kock. — Mil perdões! Nao tive a intençao de incomodar ma'm'selle Laplace. Monsieur De Kock se sentirá muito honrado em tomar vinho com a senhorita.

E aqui monsieur De Kock fez uma grande mesura, beijou-lhe a mão com muita cerimônia e tomou vinho com ma'm'selle Laplace.

— Permita-me, *mon ami* - disse então monsieur Maillard, dirigindo-se a mim —, permita-me servir-lhe um naco desta vitela *à la Sainte-Menhould.* O senhor vai achá-la deliciosa.

Naquele instante, três robustos garçons tinham acabado de conseguir colocar na mesa uma enorme travessa, ou tabuleiro, em que se via o que imaginei ser o *monstrum horrendum, informe, ingens, cui lumen ademptum.*[15] Olhando mais de perto,

[15] "Monstro horrível, pavoroso, privado da luz." Frase latina extraída da *Eneida*, de Virgílio. (N. T.)

porém, certifiquei-me de que se tratava de um pequeno vitelo assado inteiro e posto de joelhos, com uma maçã na boca, da forma que os ingleses servem a lebre.

— Não, obrigado — respondi. —Não gosto muito de vitelo *à la Sainte*... como é que se diz mesmo?... pois acho que não combina comigo. Mas vou trocar de prato e experimentar um pouco do coelho.

Na mesa, havia vários pratos de acompanhamento, contendo o que parecia ser o coelho francês comum — um delicioso *morceau*, que não hesito em recomendar.

— Pierre — chamou o anfitrião —, retire o prato desse cavalheiro e dê--lhe um pedaço do coelho *au-chat*.

— Coelho o quê? — perguntei.

— Coelho *au-chat*.

— Ah, sim, obrigado. Mas, pensando bem, não. Vou me servir de um pouco de pernil.

Não dá para saber o que se come à mesa dessa gente da província, pensei comigo mesmo. Nao vou comer nem um pouco de seu coelho *au-chat*. E, por falar nisso, tampouco de seu gato *au-coelho*.

— E então — disse uma figura de aspecto cadavérico que estava junto à cabeceira da mesa, retomando o fio da conversa do ponto em que parara. — E então, entre outras figuras estranhas, uma vez tivemos um paciente que insistia ser um queijo de Córdoba e saía por aí de faca na mão, pedindo aos amigos que provassem um pedacinho do meio de sua perna.

— Esse era muito louco, sem dúvida — interveio alguém —, mas nem se compara a certo indivíduo que todos, à exceção desse estranho cavalheiro, conhecemos. Refiro-me ao homem que acreditava ser uma garrafa de champanhe e ficava o tempo imitando o estouro e o ruído sibilante que ela emite quando se tira a rolha. Ele fazia bem assim.

Nessa altura o sujeito, de forma que julguei muito grosseira, enfiou o polegar direito na bochecha esquerda e produziu um ruído semelhante ao saltar de uma rolha. Em seguida, com um rápido e hábil movimento da língua contra os dentes, emitiu um silvo agudo e sibilante, que se estendeu por minutos, imitando o espumejar do champanhe. Notei claramente que aquele comportamento não agradou muito monsieur Maillard, o qual, entretanto, não fez nenhum comentário, e a conversa foi retomada por um homenzinho muito magro que usava peruca avantajada.

— Havia também um ignorantão — disse ele — que achava ser uma rã, com a qual, diga-se de passagem, tinha grande semelhança. Eu só queria que o senhor visse — disse o homem, agora dirigindo-se a mim. — Ia gostar de ver a pose que ele assumia. Meu senhor, se aquele homem *não* era uma *rã,* só posso dizer que era uma pena que não fosse. O coaxo dele — assim: *uuuugh! uuuugh!* — era a mais bela nota do mundo, si bemol; e, quando apoiava os cotovelos na mesa assim, depois de um ou dois copos de vinho, e esticava a boca assim, e revirava os olhos assim, piscando na maior velocidade, assim... Ah, meu senhor, posso lhe garantir que ficaria admiradíssimo com o talento do homem.

— Não tenho dúvida — respondi.

— E havia outro — acrescentou alguém —, Petit Gaillard, que pensava ser uma pitada de rapé e ficava desesperado por não poder tirar a si mesmo de entre o indicador e o polegar.

— E também Jules Desoulières, um tipo deveras singular que enlouqueceu achando ser uma abóbora. Ele infernizava o cozinheiro pedindo-lhe que o usasse para fazer tortas... coisa que o cozinheiro, indignado, recusava-se a fazer. De minha parte, tenho certeza absoluta de que uma torta de abóbora *à la Desoulières* não devia ser lá muito apetitosa!

— O senhor me assusta! — comentei, lançando um olhar interrogativo a monsieur Maillard.

— Ah-ah-ah! — fez esse último. — Eh-eh-eh! Ih-ih-ih! Oh-oh-oh! Uh-uh-uh! Essa é muito boa! O senhor não deve se assustar, *mon ami*; nosso amigo aqui é um homem muito espirituoso — um *drôle*. O senhor não deve levar ao pé da letra o que ele diz.

— Não se esqueçam também — disse outro conviva — de Bouffon Le Grand, outra personagem extraordinário, lá à sua maneira. Ele enlouqueceu de amor e acreditava ter duas cabeças. Uma, ele garantia ser de Cícero, e a outra era uma combinação de duas: do alto da testa à boca, era de Demóstenes; da boca ao queixo, de lorde Brougham. Não é impossível que estivesse errado, mas ele seria capaz de convencê-lo de que tinha razão, pois era dotado de grande eloquência.

Tinha absoluta paixão pela oratória e não conseguia deixar de exibi-la. Por exemplo, ele costumava subir na mesa do jantar assim e... e...

Nessa altura, um amigo que se encontrava ao lado dele pôs-lhe a mão no ombro e lhe sussurrou algumas palavras ao ouvido, o que o fez parar muito bruscamente e arriar-se na cadeira.

— Havia também — disse o amigo que sussurrara —, havia também Boullard, o carrapeta. Chamo-o de carrapeta porque ele se convencera da ideia curiosa, embora não totalmente irracional, de ter sido transformado numa carrapeta. O senhor morreria de rir se o visse girando. Ele ficava girando o tempo todo, desse jeito... assim, ó...

Nesse ponto, o amigo que havia pouco fora interrompido por um sussurro fez a mesma coisa com o outro.

— Mas então — exclamou a velha senhora, em altos brados — esse seu monsieur Boullard era louco, e um louco muito bobo, na melhor das hipóteses! Isso porque, permita-me perguntar-lhe, quem já ouviu falar de uma carrapeta humana? É um absurdo, um despropósito. Madame Joyeuse era uma pessoa mais ajuizada, como você sabe. Ela também tinha sua esquisitice, mas não destituída de senso comum, e agradava a todos os que a conheciam. Depois de muito ter pensado, concluiu que se transformara num galo-galinha; nessa qualidade, porém, ela se comportava adequadamente. Batia as asas de uma forma absolutamente notável... assim... assim... e seu canto era uma maravilha! Co-co-ri-có! Co-co-ri-có! Co-co-ri-co-coooó!

— Madame Joyeuse, peço-lhe encarecidamente que se comporte! — interrompeu o anfitrião, enfurecido. — Ou se comporta como uma dama, como deveria, ou sai da mesa imediatamente. A senhora escolhe.

A dama (que foi chamada de madame Joyeuse — o que muito me surpreendeu, depois da descrição que ela própria fizera de madame Joyeuse) ruborizou-se até as sobrancelhas e pareceu muito envergonhada da repreensão. Abaixou então a cabeça e não disse nem uma sílaba em resposta. Mas uma jovem retomou o assunto. Era minha bela moça da pequena sala de estar.

— Ah, madame Joyeuse era mesmo uma boba! — exclamou —, mas tinha afinal muita sensatez, na opinião de Eugénie Salsafette. Esta era uma jovem muito bonita e extremamente pudica que achava indecentes os trajes comuns e sempre queria vestir-se colocando-se fora das roupas, e não dentro delas. O que, aliás, é muito fácil de fazer. Basta a gente fazer assim... depois assim... assim... assim... e então assim... assim... assim... e então...

— Meu Deus, ma'm'selle Salsafette! — exclamaram mais de dez vozes. — O que a senhorita está fazendo? Contenha-se, basta! Nós sabemos muito bem como se faz isso! Pare! Pare! — e várias pessoas já pulavam de suas cadeiras para impedir ma'm'selle Salsafette de se pôr na mesma condição da Vênus de Medici, quando esse objetivo foi muito eficiente e bruscamente atingido por uma série de gritos e urros que vinham de alguma parte do corpo principal do *château.*

Meus nervos ficaram muito abalados com esses urros, mas tive pena dos demais convivas. Em toda a minha vida, nunca vi um grupo de pessoas lúcidas tão assustadas. Ficaram pálidas como cadáveres e, encolhendo-se em seus assentos, puseram-se a tremer e falar incoerentemente, aterrorizadas, com os ouvidos atentos à repetição dos sons. Eles se repetiram, mais altos e mais próximos, ao que parecia; depois uma terceira vez, altíssimos; em seguida uma quarta vez, agora com intensidade bem menor. Ante a diminuição e posterior cessação do barulho, os convivas recobraram o ânimo de imediato, e tudo voltou a ser animação e narraçao de casos, como antes. Foi quando ousei perguntar a causa da perturbação.

— Uma mera *bagatelle* — respondeu monsieur Maillard. — Estamos acostumados a essas coisas, e elas pouco nos preocupam. De vez em quando os loucos se põem a fazer um concerto de uivos, um dando origem a outros, como às vezes acontece com um bando de cães à noite. Vez por outra, porém, acontece de o concerto de urros ser seguido de tentativas de libertação e fuga, e nesse caso, naturalmente, é de se temer algum perigo.

— E quantos estão sob a sua guarda?

— Atualmente, não mais que dez, no total.

— Em sua maioria mulheres, suponho.

— Oh, não. Todos são homens, e homens robustos, posso lhe garantir.

— Deveras? Sempre ouvi dizer que a maioria dos loucos era do belo sexo.

— Normalmente é, mas nem sempre. Algum tempo atrás, tínhamos vinte e sete pacientes aqui. Desses, nada menos que dezoito eram mulheres. Mas ultimamente as coisas mudaram muito, como o senhor está vendo.

— Sim, mudaram muito, como o senhor está vendo — interrompeu o cavalheiro que atacara as canelas de ma'm'selle Laplace.

— Sim, mudaram muito, como o senhor está vendo — disseram a uma só voz, no mesmo instante, todos os presentes.

— Segurem a língua, todos vocês! — disse o anfitrião, furioso. Com isso, todos se mantiveram num silêncio sepulcral por quase um minuto. Uma das mulheres obedeceu a monsieur Maillard ao pé da letra: pôs a língua para fora, uma língua muito comprida, e ficou segurando-a muito contritamente, com ambas as mãos, até o fim do jantar.

— E aquela senhora — disse eu a monsieur Maillard, inclinando-me para ele e sussurrando-lhe ao ouvido. — Aquela boa senhora que acabou de falar e que cantou feito um galo... imagino que seja inofensiva, totalmente inofensiva, não?

— Inofensiva?! — exclamou ele, com genuína surpresa. — Ora, ora, o que quer dizer com isso?!

— Ela é só um pouco tocada? — perguntei, tocando minha cabeça. — Acredito que o caso dela não é muito perigoso, é?

— *Mon Díeu!* O que é que o senhor está pensando?! Essa senhora, minha velha amiga, é tão sã da cabeça quanto eu. É verdade que tem lá suas pequenas excentricidades, mas aí, o senhor sabe, todas as damas idosas — todas as *muito* idosas — são mais ou menos excêntricas!

— Claro — respondi. — Claro, e então as demais senhoras e senhores...

— São meus amigos e colaboradores — interrompeu monsieur Maillard, assumindo uma postura altiva. — Meus ótimos amigos e assistentes.

— O quê?! Todos eles? — perguntei. — As mulheres e todos os outros?

— Claro — respondeu ele. — Não poderíamos prescindir de forma alguma das mulheres. São as melhores cuidadoras de loucos do mundo. Têm um jeito todo seu, sabe? Seus olhos brilhantes têm um efeito maravilhoso. Algo como o fascínio das serpentes, sabe?

— Claro — disse eu. — Claro. Elas têm comportamento meio estranho, não? São meio *esquisitas,* não? O senhor não acha?

— Estranhas?! Esquisitas?! Ora, o senhor acha *mesmo* isso? Certamente que aqui no sul não somos muito puritanos, fazemos o que nos agrada. Desfrutamos a vida e todo esse tipo de coisa, sabe?

— Claro — disse eu. — Claro.

— Além disso, talvez o Clos de Vougeôt seja um pouco forte, sabe? O senhor entende, não?

— Claro — respondi. — Claro. A propósito, monsieur, se bem ouvi, o senhor disse que o sistema que substituiu o famoso "método brando" é muito rigoroso?

— De modo algum. A internação aqui é necessariamente sujeita a uma estrita vigilância. Mas o tratamento, isto é, o tratamento médico, dá muita satisfação ao paciente.

— E o novo método é criação sua?

— Não totalmente. Algumas de suas partes se devem ao dr. Tarr, de quem com certeza o senhor já ouviu falar. E, repito, há modificações em meu projeto que tenho a satisfação de reconhecer serem devidas ao famoso Fether, o qual, se não estou enganado, o senhor tem a honra de conhecer muito bem.

— Envergonha-me confessar — respondi — que nunca ouvi falar de nenhum desses dois senhores.

— Meu Deus! — exclamou meu anfitrião, empurrando abruptamente sua cadeira para trás e levantando as mãos. — Com certeza eu não o ouvi bem! O senhor não quis dizer isso, quis? Que nunca ouviu falar do sábio dr. Tarr nem do renomado professor Fether?

Tenho de reconhecer minha ignorância respondi, mas a verdade deve vir em primeiro lugar. Não obstante, sinto-me reduzido à mais humilde condição pelo fato de desconhecer os trabalhos desses homens sem dúvida extraordinários. Vou procurar de imediato seus escritos e lê-los com a maior atenção. Monsieur Maillard, o senhor realmente — sou obrigado a confessar — o senhor *realmente...* fez que eu sentisse vergonha de mim mesmo!

E era a pura verdade.

— Não diga mais nada, meu bom e jovem amigo respondeu ele gentilmente, apertando a minha mão. — Beba comigo uma taça de Sauterne.

Bebemos. Os convivas seguiram nosso exemplo sem hesitação. Eles tagarelavam, pilheriavam, faziam mil coisas absurdas — os violinos rangiam, o tambor rufava, os trombones mugiam como um monte de touros de bronze do tirano Fálaris —, e toda a cena, que ia ficando cada vez mais medonha à medida que o vinho se apossava dos convivas, terminou por tornar-se um pandemônio *in petto*. Enquanto isso, monsieur Maillard e eu, tendo entre nós algumas garrafas de Sauterne e Vougeôt, continuávamos a conversar na maior altura. Uma palavra dita no tom normal tinha tanta chance de ser ouvida quanto a voz de um peixe no fundo das cataratas do Niágara.

— O senhor mencionou alguma coisa — disse eu, gritando ao seu ouvido — sobre o perigo do antigo método brando. Pode me explicar isso?

— Sim — respondeu ele. — Às vezes, havia de fato um grande perigo. Nem é possível imaginar as extravagâncias de que os loucos são capazes. Além disso, em minha opinião e também na do dr. Tarr e do professor Fether, *nunca* é seguro deixá-los vagar por aí livremente. É possível "abrandar", como se diz, um louco por algum tempo; mas, no final, ele pode ficar muito turbulento. Ademais, sua esperteza é grande e notória. Se ele tem algum plano em vista, esconde-o com uma esperteza notável, e a habilidade com que simula a sanidade mental constitui, para o metafísico, um dos mais singulares problemas do estudo da mente. Quando um louco dá a impressão de *absoluta* sanidade mental, é mais que hora de metê-lo em camisa de força.

— Mas, meu caro senhor, a propósito do *perigo* de que falou ainda há pouco, em sua experiência à frente desta casa... o senhor tem um motivo concreto para considerar arriscada a liberdade, no caso de um louco?

— Aqui? Em minha própria experiência? Ora, posso dizer que sim. Por exemplo: não faz *muito* tempo, aconteceu um fato insólito nesta casa. Quando vigorava o "método brando", sabe, e os pacientes ficavam livres. Eles estavam se comportando notavelmente bem, *excepcionalmente bem*, e justamente por causa disso uma pessoa atilada podia ter desconfiado de que tramavam alguma coisa diabólica. Com efeito, numa bela manhã, os enfermeiros se viram de pés e mãos amarrados, e os loucos os atiraram em suas celas, como se os loucos fossem os *enfermeiros*, de quem usurparam as funções.

— Não me diga uma coisa dessas! Nunca vi nada mais absurdo em toda a minha vida!

— Pois é... Tudo se deu por obra de um sujeito estúpido... um louco que, sabe-se lá por como, meteu na cabeça que inventara um sistema de governo melhor do que todos os outros até então concebidos — isto é, um sistema de governo de loucos. Ele queria pôr à prova sua invenção, acho, e convenceu os demais pacientes a aderir a uma conspiração para derrubar o poder constituído.

— E ele conseguiu?

Sem dúvida. Os enfermeiros e os pacientes logo estavam com os papéis trocados. Os loucos ficaram livres, e os enfermeiros foram metidos nas celas, passando a receber um tratamento, lamento dizer, muito grosseiro.

— Mas imagino que logo se fez uma contrarrevolução. Esse estado de coisas não pode ter durado muito tempo. As pessoas da região, gente em visita ao estabelecimento, com certeza deram o alarme.

— Nesse ponto, o senhor se engana. O líder da rebelião era esperto demais para isso. Ele proibiu totalmente as visitas... com exceção, em determinado dia, de um senhor de aparência muito estúpida, em quem ele não viu motivos para temer. Ele o recebeu em visita ao estabelecimento... só para quebrar um pouco a monotonia, para divertir-se um pouco com ele. E, quando achou que já o tinha enganado o bastante, deixou-o sair para que fosse cuidar da própria vida.

— E quanto tempo durou o governo dos loucos?

— Ah, bastante tempo. Com certeza um mês, mas eu não saberia dizer exatamente quanto mais. Enquanto isso durou, os loucos se divertiram muito... pode acreditar. Eles se livraram de suas roupas surradas e se apossaram do guarda-roupa e das joias da família. As adegas do *château* estavam cheias de vinho; e não há como esses loucos demoníacos para saber como bebê-lo. Eles se regalaram, pode acreditar.

— E quanto ao tratamento? Que tipo especial o líder da rebelião pôs em prática?

— Ora, quando a isso, um louco não é necessariamente um bobo, como já lhe disse, e minha modesta opinião é que o tratamento era muito melhor que o anterior. Era um método excelente, simples e claro e não criava problemas; na verdade, era muito agradável... era...

Nisto, os comentários de meu anfitrião foram interrompidos por outra série de berros iguais aos que já nos tinham perturbado antes. Dessa vez, porém, pareciam vir de pessoas que se aproximavam rapidamente.

— Deus do céu! — exclamei. — Com certeza os loucos se soltaram.

— Receio que tenha acontecido isso mesmo — respondeu monsieur Maillard, tomado de intensa palidez. Mal acabara de dizer isso, ouviram-se grandes gritos e imprecações abaixo das janelas. Logo ficou claro que algumas pessoas que estavam lá fora queriam entrar na sala. Bateram na porta com o que parecia ser uma marreta, fazendo com que as venezianas se sacudissem com extraordinária violência.

Seguiu-se uma cena de terrível confusão. Monsieur Maillard, para minha imensa surpresa, meteu-se embaixo do aparador. Eu esperava uma atitude mais firme de sua parte. Os membros da orquestra — que, nos últimos quinze minutos, pareciam embriagados demais para desempenhar sua função — puseram-se de pé de um salto, buscaram seus instrumentos e, subindo aos tropeções em seu estrado, se puseram a tocar, por iniciativa própria, "Yankee Doodle", se não com afinação, pelo menos com uma energia sobre-humana, durante todo o tempo que durou a gritaria.

Enquanto isso, saltou na principal mesa de jantar, entre garrafas e copos, o cavalheiro que, com tanta dificuldade, fora impedido de fazê-lo havia pouco. Logo que se instalou, ele se pôs a fazer uma oração, com certeza muito boa, caso se conseguisse escutá-la. Ao mesmo tempo, o homem que pensava ser uma carrapeta se pôs a girar em volta do salão com imensa energia, os braços estendidos formando ângulos retos com o corpo, derrubando quem estava pelo caminho. Foi então que, ouvindo o incrível barulho do espoucar e espumejar de garrafa de champanhe, eu enfim descobri que era produzido pela pessoa que imitara aqueles sons durante o jantar. E foi a vez de o homem-rã se pôr novamente a coaxar como se a salvação de sua alma dependesse de cada uma das notas que emitia. Enquanto isso, o zurrar de um burro elevava-se acima de toda a balbúrdia. Quanto à minha velha amiga, madame Joyeuse, por pouco não chorei por ela, tal era a sua terrível perplexidade. A única coisa que fez, porém, foi postar-se a um canto, junto da lareira, e cantar a plenos pulmões o seu *Co-co-ri-co-có!*.

E então se chegou ao clímax — a catástrofe do drama. Como não se opunha outra resistência além de urros e cacarejos à invasão do grupo que se encontrava lá fora, as dez janelas foram arrombadas rápida e quase simultaneamente. Nunca haverei de esquecer a sensação de espanto e horror com que vi pular aquelas janelas e irromper entre nós *pêle-mêle,* pondo-se a agredir, pisotear, arranhar e urrar, um verdadeiro exército que confundi com chimpanzés, orangotangos ou babuínos pretos do cabo da Boa Esperança.

Recebi uma tremenda surra — depois da qual rolei para debaixo do sofá e fiquei quieto. Após ter lá permanecido por cerca de quinze minutos, durante os quais ouvi atentamente tudo o que se passava no salão, terminei por entender satisfatoriamente o *dénouement* dessa tragédia. Ficou claro que, ao contar sobre o louco que incitara os companheiros à rebelião, monsieur Maillard apenas narrava as próprias aventuras. Na verdade, dois ou três anos antes, aquele cavalheiro fora superintendente do estabelecimento. Mas, como enlouqueceu, tornou-se um paciente. Meu companheiro de viagem ignorava isso quando me apresentou ao cavalheiro. Tendo sido subjugados, os enfermeiros, em número de dez, foram primeiro bem alcatroados e cobertos de penas e depois presos em celas subterrâneas. Assim, ficaram presos por mais de um mês, e durante esse período monsieur Maillard lhes proporcionou não apenas alcatrão e penas (era nisso que seu método consistia), mas também um pouco de pão e muita água. Esta era jogada neles diariamente. Por fim, um deles fugiu por um esgoto e libertou os demais.

O "método brando", com consideráveis alterações, foi retomado no *château;* não obstante, não posso deixar de reconhecer que o método de monsieur Maillard, à sua maneira, era excelente. Como observou ele acertadamente, era "simples, claro e não criava problemas. Nem o menor problema".

Só tenho a acrescentar que, apesar de ter vasculhado todas as bibliotecas da Europa em busca das obras do dr. *Tarr* e do professor *Fether,* até hoje não consegui encontrar nenhuma edição.[16]

[16] Em inglês, *tar* é alcatrão, e *feather* é pena. *To tar and feather* é um castigo que consiste em jogar alcatrão sobre alguém e cobri-lo de penas. Daí o nome burlesco, "Tarr" e "Fether", dos inventores do "método". (N. T.)

II. O CORVO

Traduzir poemas é uma arte para poucos. Dois grandes escritores de língua portuguesa aceitaram o desafio e traduziram o mais conhecido poema de Edgar Allan Poe, O *corvo*. Aqui reunimos as traduções de Fernando Pessoa e Machado de Assis para que todos apreciem as particularidades da escrita desses dois grandes mestres.

O corvo

Tradução de Machado de Assis

Em certo dia, à hora, à hora
Da meia-noite que apavora,
Eu, caindo de sono e exausto de fadiga,
Ao pé de muita lauda antiga,
De uma velha doutrina, agora morta,
Ia pensando, quando ouvi à porta
Do meu quarto um soar devagarinho
E disse estas palavras tais:
"É alguém que me bate à porta de mansinho;
Há de ser isso e nada mais."
Ah! bem me lembro! bem me lembro!

Era no glacial Dezembro;
Cada brasa do lar sobre o chão refletia
A sua última agonia.
Eu, ansioso pelo sol, buscava
Sacar daqueles livros que estudava
Repouso (em vão!) à dor esmagadora
Destas saudades imortais
Pela que ora nos céus anjos chamam Lenora,
E que ninguém chamará mais.

E o rumor triste, vago, brando
Das cortinas ia acordando
Dentro em meu coração um rumor não sabido
Nunca por ele padecido.
Enfim, por aplacá-lo aqui no peito,
Levantei-me de pronto, e: "Com efeito,
(Disse) é visita amiga e retardada
Que me bate a estas horas tais.
É visita que pede à minha porta entrada:
Há de ser isso e nada mais."

Minh'alma então sentiu-se forte;
Não mais vacilo e desta sorte
Falo: "Imploro de vós, — ou senhor ou senhora,
Me desculpeis tanta demora.
Mas como eu, precisado de descanso,
Já cochilava, e tão de manso e manso
Batestes, não fui logo, prestemente,
Certificar-me que aí estais."
Disse: a porta escancaro, acho a noite somente,
Somente a noite, e nada mais.

Com longo olhar escruto a sombra,
Que me amedronta, que me assombra,
E sonho o que nenhum mortal há já sonhado,
Mas o silêncio amplo e calado,
Calado fica; a quietação quieta;
Só tu, palavra única e dileta,
Lenora, tu, como um suspiro escasso,
Da minha triste boca sais;
E o eco, que te ouviu, murmurou-te no espaço;
Foi isso apenas, nada mais.

Entro co'a alma incendiada.
Logo depois outra pancada
Soa um pouco mais forte; eu, voltando-me a ela:
"Seguramente, há na janela
Alguma coisa que sussurra. Abramos
Eia, fora o temor, eia, vejamos
A explicação do caso misterioso
Dessas duas pancadas tais.
Devolvamos a paz ao coração medroso
Obra do vento e nada mais."

Abro a janela, e de repente,
Vejo tumultuosamente
Um nobre corvo entrar, digno de antigos dias.
Não despendeu em cortesias
Um minuto, um instante. Tinha o aspeto
De um lorde ou de uma *lady*. E pronto e reto,
Movendo no ar as suas negras alas,
Acima voa dos portais,
Trepa, no alto da porta, em um busto de Palas;
Trepado fica, e nada mais.

Diante da ave feia e escura,
Naquela rígida postura,
Com o gesto severo, — o triste pensamento
Sorriu-me ali por um momento,
E eu disse: "Ó tu que das noturnas plagas
Vens, embora a cabeça nua tragas,
Sem topete, não és ave medrosa,
Dize os teus nomes senhoriais,
Como te chamas tu na grande noite umbrosa?"
E o corvo disse: "Nunca mais."

Vendo que o pássaro entendia
A pergunta que lhe eu fazia,
Fico atônito, embora a resposta que dera
Dificilmente lha entendera
Na verdade, jamais homem há visto
Coisa na terra semelhante a isto:
Uma ave negra, friamente posta
Num busto, acima dos portais,
Ouvir uma pergunta e dizer em resposta
Que este é seu nome: "Nunca mais."

No entanto, o corvo solitário
Não teve outro vocabulário,
Como se essa palavra escassa que ali disse
Toda a sua alma resumisse.
Nenhuma outra proferiu, nenhuma,
Não chegou a mexer uma só pluma,
Até que eu murmurei: "Perdi outrora
Tantos amigos tão leais!
Perderei também este em regressando a aurora."
E o corvo disse: "Nunca mais."

Estremeço. A resposta ouvida
É tão exata! é tão cabida!
"Certamente, digo eu, essa é toda a ciência
Que ele trouxe da convivência
De algum mestre infeliz e acabrunhado
Que o implacável destino há castigado
Tão tenaz, tão sem pausa, nem fadiga,
Que dos seus cantos usuais
Só lhe ficou, na amarga e última cantiga,
Esse estribilho: 'Nunca mais.'

Segunda vez, nesse momento,
Sorriu-me o triste pensamento;
Vou sentar-me defronte ao corvo magro e rudo;
E mergulhando no veludo
Da poltrona que eu mesmo ali trouxera
Achar procuro a lúgubre quimera,
A alma, o sentido, o pávido segredo
Daquelas sílabas fatais,
Entender o que quis dizer a ave do medo
Grasnando a frase: "Nunca mais."

Assim posto, devaneando,
Meditando, conjecturando,
Não lhe falava mais; mas, se lhe não falava,
Sentia o olhar que me abrasava.
Conjecturando fui, tranquilo, a gosto,
Com a cabeça no macio encosto
Onde os raios da lâmpada caíam
Onde as tranças angelicais
De outra cabeça outrora ali se desparziam,
E agora não se esparzem mais.

Supus então que o ar, mais denso,
Todo se enchia de um incenso,
Obra de serafins que, pelo chão roçando
Do quarto, estavam meneando
Um ligeiro turíbulo invisível;
E eu exclamei então: "Um Deus sensível
Manda repouso à dor que te devora
Destas saudades imortais.
Eia, esquece, eia, olvida essa extinta Lenora."
E o corvo disse: "Nunca mais."

"Profeta, ou o que quer que sejas!
Ave ou demônio que negrejas!
Profeta sempre, escuta: Ou venhas tu do inferno
Onde reside o mal eterno,
Ou simplesmente náufrago escapado
Venhas do temporal que te há lançado
Nesta casa onde o Horror, o Horror profundo
Tem os seus lares triunfais,
Dize-me: existe acaso um bálsamo no mundo?"
E o corvo disse: "Nunca mais."

"Profeta, ou o que quer que sejas!
Ave ou demônio que negrejas!
Profeta sempre, escuta, atende, escuta, atende!
Por esse céu que além se estende,
Pelo Deus que ambos adoramos, fala,
Dize a esta alma se é dado inda escutá-la
No Éden celeste a virgem que ela chora
Nestes retiros sepulcrais,
Essa que ora nos céus anjos chamam Lenora!"
E o corvo disse: "Nunca mais."

"Ave ou demônio que negrejas!
Profeta, ou o que quer que sejas!
Cessa, ai, cessa! clamei, levantando-me, cessa!
Regressa ao temporal, regressa
À tua noite, deixa-me comigo.
Vai-te, não fique no meu casto abrigo
Pluma que lembre essa mentira tua.
Tira-me ao peito essas fatais
Garras que abrindo vão a minha dor já crua."
E o corvo disse: "Nunca mais."

E o corvo aí fica; ei-lo trepado
No branco mármore lavrado
Da antiga Palas; ei-lo imutável, ferrenho.
Parece, ao ver-lhe o duro cenho,
Um demônio sonhando. A luz caída
Do lampião sobre a ave aborrecida
No chão espraia a triste sombra; e fora
Daquelas linhas funerais
Que flutuam no chão, a minha alma que chora
Não sai mais, nunca, nunca mais!

(*Fonte*: www.dominiopublico.gov.br)

O corvo

Tradução de Fernando Pessoa

Numa meia-noite agreste, quando eu lia, lento e triste,
Vagos, curiosos tomos de ciências ancestrais,
E já quase adormecia, ouvi o que parecia
O som de algúem que batia levemente a meus umbrais.
"Uma visita", eu me disse, "está batendo a meus umbrais.
É só isto, e nada mais."

Ah, que bem disso me lembro! Era no frio dezembro,
E o fogo, morrendo negro, urdia sombras desiguais.
Como eu qu'ria a madrugada, toda a noite aos livros dada
P'ra esquecer (em vão!) a amada, hoje entre hostes celestiais —
Essa cujo nome sabem as hostes celestiais,
Mas sem nome aqui jamais!

Como, a tremer frio e frouxo, cada reposteiro roxo
Me incutia, urdia estranhos terrores nunca antes tais!
Mas, a mim mesmo infundido força, eu ia repetindo,
"É uma visita pedindo entrada aqui em meus umbrais;
Uma visita tardia pede entrada em meus umbrais.
É só isto, e nada mais".

E, mais forte num instante, já nem tardo ou hesitante,
"Senhor", eu disse, "ou senhora, decerto me desculpais;
Mas eu ia adormecendo, quando viestes batendo,
Tão levemente batendo, batendo por meus umbrais,
Que mal ouvi..." E abri largos, franqueando-os, meus umbrais.
Noite, noite e nada mais.

A treva enorme fitando, fiquei perdido receando,
Dúbio e tais sonhos sonhando que os ninguém sonhou iguais.
Mas a noite era infinita, a paz profunda e maldita,
E a única palavra dita foi um nome cheio de ais —
Eu o disse, o nome dela, e o eco disse aos meus ais.
Isso só e nada mais.

Para dentro estão volvendo, toda a alma em mim ardendo,
Não tardou que ouvisse novo som batendo mais e mais.
“Por certo”, disse eu, “aquela bulha é na minha janela.
Vamos ver o que está nela, e o que são estes sinais.”
Meu coração se distraía pesquisando estes sinais.
“É o vento, e nada mais.”

Abri então a vidraça, e eis que, com muita negaça,
Entrou grave e nobre um corvo dos bons tempos ancestrais.
Não fez nenhum cumprimento, não parou nem um momento,
Mas com ar solene e lento pousou sobre os meus umbrais,
Num alvo busto de Atena que há por sobre meus umbrais,
Foi, pousou, e nada mais.

E esta ave estranha e escura fez sorrir minha amargura
Com o solene decoro de seus ares rituais.
“Tens o aspecto tosquiado”, disse eu, “mas de nobre e ousado,
Ó velho corvo emigrado lá das trevas infernais!
Dize-me qual o teu nome lá nas trevas infernais.”
Disse o corvo, “Nunca mais”.

Pasmei de ouvir este raro pássaro falar tão claro,
Inda que pouco sentido tivessem palavras tais.
Mas deve ser concedido que ninguém terá havido
Que uma ave tenha tido pousada nos meus umbrais,
Ave ou bicho sobre o busto que há por sobre seus umbrais,
Com o nome "Nunca mais".

Mas o corvo, sobre o busto, nada mais dissera, augusto,
Que essa frase, qual se nela a alma lhe ficasse em ais.
Nem mais voz nem movimento fez, e eu, em meu pensamento
Perdido, murmurei lento, "Amigo, sonhos — mortais
Todos — todos já se foram. Amanhã também te vais".
Disse o corvo, 'Nunca mais'.

A alma súbito movida por frase tão bem cabida,
"Por certo", disse eu, "são estas vozes usuais,
Aprendeu-as de algum dono, que a desgraça e o abandono
Seguiram até que o entono da alma se quebrou em ais,
E o bordão de desesp'rança de seu canto cheio de ais
Era este 'Nunca mais'."

Mas, fazendo inda a ave escura sorrir a minha amargura,
Sentei-me defronte dela, do alvo busto e meus umbrais;
E, enterrado na cadeira, pensei de muita maneira
Que qu'ria esta ave agoureia dos maus tempos ancestrais,
Esta ave negra e agoureira dos maus tempos ancestrais,
Com aquele "Nunca mais".

Comigo isto discorrendo, mas nem sílaba dizendo
À ave que na minha alma cravava os olhos fatais,
Isto e mais ia cismando, a cabeça reclinando
No veludo onde a luz punha vagas sobras desiguais,
Naquele veludo onde ela, entre as sobras desiguais,
Reclinar-se-á nunca mais!

Fez-se então o ar mais denso, como cheio dum incenso
Que anjos dessem, cujos leves passos soam musicais.
"Maldito!", a mim disse, "deu-te Deus, por anjos concedeu-te
O esquecimento; valeu-te. Toma-o, esquece, com teus ais,
O nome da que não esqueces, e que faz esses teus ais!"
Disse o corvo, "Nunca mais".

"Profeta", disse eu, "profeta — ou demônio ou ave preta!
Fosse diabo ou tempestade quem te trouxe a meus umbrais,
A este luto e este degredo, a esta noite e este segredo,
A esta casa de ância e medo, dize a esta alma a quem atrais
Se há um bálsamo longínquo para esta alma a quem atrais!
Disse o corvo, "Nunca mais".

"Profeta", disse eu, "profeta — ou demônio ou ave preta!
Pelo Deus ante quem ambos somos fracos e mortais.
Dize a esta alma entristecida se no Édem de outra vida
Verá essa hoje perdida entre hostes celestiais,
Essa cujo nome sabem as hostes celestiais!"
Disse o corvo, "Nunca mais".

"Que esse grito nos aparte, ave ou diabo!", eu disse. "Parte!
Torna à noite e à tempestade! Torna às trevas infernais!
Não deixes pena que ateste a mentira que disseste!
Minha solidão me reste! Tira-te de meus umbrais!
Tira o vulto de meu peito e a sombra de meus umbrais!"
Disse o corvo, "Nunca mais".

E o corvo, na noite infinda, está ainda, está ainda
No alvo busto de Atena que há por sobre os meus umbrais.
Seu olhar tem a medonha cor de um demônio que sonha,
E a luz lança-lhe a tristonha sombra no chão há mais e mais,
Libertar-se-á... nunca mais!

(*Fonte*: www.dominiopublico.gov.br)

Glossário

aigrette — adorno de joias em formato de poupa de pavão

bagatelle — picuinha; coisa de pouca monta

beau idéal — belo ideal

billets doux — cartas de namoro

château — castelo; mansão campestre

dénouement — desenlace, desfecho

diable — diabo

ennuyé — entediado

fête — festa

faubourg — subúrbio

gaze äérienne — tecido finíssimo

hélas — desafortunadamente

loge de concierge — cubículo de porteiro

ménagé — particípio passado de *ménager* (lidar com, cuidar)

métal d'Alger — composição metálica que imita a prata

mon Dieu — meu Deus

morceau — iguaria, bocado

naïveté — simplicidade, candura, ingenuidade

nonchalance — despreocupação

outré — excessivo, exagerado

pêle-mêle — confusamente

quartier — bairro

recherché — estudado (no contexto)

rôle — papel (no teatro, cinema, televisão...)

sacré — maldido (no contexto)

salle à manger — sala de jantar

tournure — aparência, ar, maneiras distintas

vieille cour — antiga corte (monarquia francesa que a Revolução de 1789 derrubou)